구직자가 먼저 보는 '나 중심의 취업' 필독서

취업체인저, 진로취업컨설턴트 역량 4픽Pick

구직자가 먼저 보는 '나 중심의 취업' 필독서

취업체인저, 진로취업컨설턴트 역량 4픽Pick

초판인쇄 2022년 11월 7일
초판발행 2022년 11월 11일

지은이 양문석
발행인 조현수
펴낸곳 도서출판 더로드
기획 조용재
마케팅 최관호 최문섭
편집 이승득
디자인 토 닥

주소 경기도 고양시 일산동구 백석2동 1301-2
넥스빌오피스텔 704호
전화 031-925-5366~7
팩스 031-925-5368
이메일 provence70@naver.com
등록번호 제2015-000135호
등록 2015년 6월 18일
ISBN 979-11-6338-324-6 03810

정가 16,000원

구직자가 먼저 보는
'나 중심의 취업' 필독서

취업체인저, 진로취업컨설턴트 역량 4 Pick

양문석 지음

| 일러두기 |

나 중심의 '취업체인저'로 취업판을 뒤집자

"취업고민을 나눌 멘토가 없어서 제일 어렵고 난감해요."

"내가 왜 떨어졌는지 그 이유라도 알았으면 좋겠는데…"

"실무경험 쌓기도 힘들고 지원 기회조차 없어지는 것 같아요."

지난 1~2년간 경제단체와 취업포털에서 취준생의 취업 이슈와 애로사항에 대한 조사 결과 밝혀진 고민들이다. 갈수록 취업 속앓이가 깊어지면서 자존감 하락 등 불안과 우울증세까지 겪고 있다는 구직자들이 늘고 있다.

고용서비스 현장에서 필자가 느끼는 것은 더 심각하다. 정도의 심각성이라기보다는 그런 분위기의 배경에는 보다 더 근본적인 원인들이 얽혀있고, 해결될 여지도 짧은 기간에 해소하기 어려운 난제들이 버티고 있기 때문이다.

취준생 10명 중 8명 이상이 진로 결정에 어려움을 느낀다고 한다.

어디서부터 문제이고, 왜 어려움을 느끼는지는 결국 당사자와 그 환경문제가 아닐까? 취준생들은 취업이나 입사에 팁을 줄 사람보다는 관심 분야의 전문가를 원하고, 나만의 진로 이슈에 관한 방향과 방법을 알려줄 사람이 필요하다는 것이다.

학교, 지자체, 공기관 등에서 시행하는 각종 진로나 취업지원 프로그램, 행사에 온·오프라인을 넘나들며 참여해 보지만, 여전히 미궁 속이라 한다. 정부의 지원 제도나 프로그램도 정보와 경제적 지원 측면에서 도움을 받긴 해도 지속적이지도 않고, 개별적으로 체감하는 실효성도 크지 않다는 반증이다.

또 하나는 구직자들의 방향성과 구체성이 부족하다는 측면도 있다.

적극적인 구직활동을 포기하는 부류도 있지만, 구직활동에 나서도 자신의 진로와 취업목표에 대한 근거와 이유가 명확하지 않은 상태에서 입직을 준비하다 보면, 위와 같은 어려움에 직면하게 된다. 경력자나 재취업자라고 해서 크게 다르지 않다. 오히려 기존 경력이 부활되지 못하고 다가올 직업시장과 조직문화의 변화와 격리감으로 또 다른 고립감에 방황하기도 한다.

*

'나' 중심 '진로' 설정+ 자기주도 '취업' 준비='취업체인저'

그래서 취업보다 진로가 먼저다. 생애주기에 따른 진로 설계가 우선되어야 한다.

취업은 정보와 전략이고 경쟁우위를 보는 측면이 먼저다. 기술적 대응과 맞춤 대응도 중요하다. 다만 필자가 먼저 강조하고 싶은 점은 자기 진로에 대한 주도성과 구체성을 스스로 확보해 가는 것이다. 이는 나 중심으로 찬찬히 들여다보는 자기 분석과 알아차림을 토대로 자기 스스로 주관적 근거와 주체적 동의를 거친 생애진로 설계가 되어야 한다.

이를 기반으로 한 취업 전략과 준비가 뒤따라야 취업 가능성을 끌어올리고, 중장기적으로 자기주도적인 경력발전과 변화관리 등 성공커리어가 보일 것이다. 그래서 진로가 먼저이고 근본이며 뿌리인 것이다. 취업은 줄기이고 열매라는 과실로 보여진다. 물론 그 줄기와 열매의 속 내실은 당연히 그 나무의 뿌리에 따라 다르게 익어갈 것이다.

그래서 이 책의 제목도 '진로취업컨설턴트'라는 특정 타이틀을 사용했다.

'진로', '취업', '취업체인저' 라는 3가지 키워드가 이 책의 화두이고, 그 방향성의 바로미터이기도 하다. '진로' 우선, '취업'은 그다음이다. 그리고 나 중심의 '진로설계'와 차별화된 '취업준비'가 '취업체인저'의 DNA다. '진로'는 '사람', '취업'은 '일거리'(일자리가 아니다.), '취업체인저'*는 취업과 채용시장 변화의 주체이고 당사자다. 기존 구직 또는 취업자와 완전히 다른 '의미와 가치'로 전환된 변수들이고, 고용노동 시장에서 새롭게 포지셔닝될 키워드들이다.

누가 '취업체인저'로 떠오르는가

'취업체인저'는 고용노동 시장에서 취업시장과 채용구조, 그리고 모집부터 전형, 최종 선발에 이르기까지 채용기준과 그 가늠자를 바꾸어 놓은 이들이다. 취업시장의 당사자는 구인기업과 구직자다. 취업체인저는 이들 중 누구일까? 아니면 보이지 않는 제3자일까? 좋은 인재를 먼저, 적기에 확보하고자 하는 인재 전쟁의 당사자인 구인기업일까? 역대급 구인난과 구직난이 공존하는 노동시장에서 상생의 일자리 정책과 전달체계를 고민해야 할 정부나 지자체일까? 취업 확대의 활로를 찾지 못하고 취업촉진 프로그램 참여자 모집에도 애를 먹고 있는 대학일까? 이상의 기관들도 '취업체인저'라 할 수 있지만, 팔로워 성격이다. 즉, 반응하고 대응하는 팔로워 취업체인저들이다, 진짜 퍼스트무버, '취업체인저'들은 구직자다. 이들이 자의든 타의든 취업시장과 채용구조의 변화를 촉발하고 있는 '취업체인저'들이다.

'취업체인저'의 속성은 크게 세 가지 측면에서 일반 구직자와 근본적인 차이와 변화를 보이고 있다.

첫째, 취업준비 단계에서 기업보다 **자신에게 먼저 집중한다.**

즉, 기업의 채용 시기와 구인내용 등 전형정보, 기업문화와 비전, 시험 족보에 이르기까지 지원기업을 파고드는 방식에 앞서 자신에 대한 분석과 이해를 토대로 한 자기주도의 비전과 수행 계획을 실행모드로 한다. 그 비전과 수행계획에 따라 직무와 기업을 선택하고, 선별된 기업의 구인 부문에 집중하여 맞춤형 취업전략에 올인하는 구조다. 구직자의 커리어 비전에 따라 직무를 결정하고 그에 따른 기업을 선택하는 것이다. 면접에서도 기업에서 이루고자 하는 자신의 포부나 지원동기도 자신의 커리어 배경과 비전 등 구직자의 관점에서 당당하게 밝힐 수가 있는 것이다.

'취업체인저'는 '지피지기(知彼知己)'가 아닌 '지기지피(知己知彼)'다.

취업전략의 우선순위와 중심이 구직자 자신에게 있고, 취업의 이유 또한 자신의 워라밸이나 핵심가치에 그 근거를 두고 있다. 이들의 직무도 회사의 비전이나 미래상보다는 자기중심의 일의 가치와 의미를 두고 개인 역량의 발전을 더 중요시한다. MZ세대에게는 조직차원의 동기부여가 어렵다는 기업의 우려도 이 때문이다.

둘째, 사회적 자존감이다.

SNS 해시태그나 키워드로 급부상하는 핫키워드가 힐링, 갬성, 소확행, 챌린지에서 최근 '선한 영향력'이 꾸준히 노출되고 있다. '친구 따라 봉사 간다'와 같이 SNS를 타고 번지는 현상은 가까운 친구들이나 직장, 지역사회의 커뮤니티에서도 지속되고 있는 것은 개인들이 취하고 싶은 사회적 자존감 때문이다.

그들은 조직 내에서 대체불가한 존재감을 유지하는 것이 임금보다, 고용안정보다 더 중요한 가치로 생각한다. 업무 자체도 조직 내 과업 수행보다는 맡은 비즈니스나 프로젝트의 책임수행자로서의 면모를 보여준다. 담당하는 업무도 자신의 성향과 맞아 개인 역량을 확장하거나, 조직이나 사회에 기여할 수 있는 과업들을 선호한다. 자존감과 효능감 때문이다.

이들은 업무의 우선순위를 선택하고 임하는 자세도 소속감보다는 오너

십에 기반을 두고, 자신이 선택하고 주도할 수 있다면 비전형, 비구조화된 업무와 근로방식도 마다하지 않는다. 긱 경제와 디지털 네이티브 세대라는 속성이 융합되면서 안정적이고 장기적인 업무보다는 다소 불안정하더라도 자신의 판단과 의욕으로 기회를 찾거나 바꾸려 한다. 더구나 그 과정에서 자신의 역량을 키우고 네트워크 확장 여지가 보인다면 미래 투자 차원에서 이들은 과감하게 뛰어든다. 1인기업, 스타트업, 프로젝트형 사업, 현장형 기술직을 선호하기도 한다.

따라서 조직문화가 자율적이고, 자신이 존중받고, 자신이 스스로 통제하면서 하고 싶은 일을 지원해 줄 수 있는 비즈니스 조직을 선호하는 것이다.

셋째, 공정한 기회와 평가를 통한 '현장형 실력자'다.

과거의 성과와 사례를 통해 미래형 통찰을 얻기도 하지만, 과거의 실적이나 패턴에 얽메이지않고 자유롭다. 선배들의 경험과 노련미를 귀동냥하면서도 업무의 비전과 수행방식은 내가 결정하고 책임지려고 한다.

'취업체인저'는 관행을 태생적으로 거부한다. 현장에서 고객의 요구에 기반한 능력자, 현장형 전문가를 지향한다. 이들에게 진정한 전문가는 고객에게 맞춤 도움과 지원을 통해 문제를 해결해 주는 능력자를 말한다.

비즈니스의 개념을 과거의 돈을 버는 것에서 새로운 가치와 편익을 만들어 내는 것으로 진화했고, 당대에는 고객의 문제해결력이라고 한다.

그들은 막연하게 설레는 미래상보다는 현재의 핵심 과업과 1~2년 뒤에 달성해야 할 과업에 더 집중한다. 과감한 결정과 판단을 내리면서도 기본과 원칙은 그보다 더 중요시한다.

'취업체인저'들은 공정 채용, 능력 중심 채용과 평가에 민감하여 능력과 노력에 대한 투명한 평가와 지원을 당연시한다. 때문에 이들은 조직 내에서 익숙해진 숙련자보다는 조직 밖의 현장 어디에서든 인정받는 전문가를 지향하고 있다. 기업에서는 이들이 반응하는 일에 대한 태도와 조직 내에 전파되는 가치를 재정립해야 할 것이다.

*

'진로취업컨설턴트'들의 시대정신 '취업체인저'

취준생뿐만 아니라 경단녀, 재취업을 준비하는 중장년층도 이러한 '취업체인저'의 욕구가 충만해지고 있다. 이들의 구직욕구와 취업에 대한 준비도와 향상심은 남다르다. 이 과정에서 만나게 되는 '진로취업컨설턴트'의 역할은 이들에게 중요한 터닝포인트가 된다. 즉, '취업체인저'에는 구직자뿐만 아니라 이들의 취업을 조력하고 지원해 주는 '진로취업컨설턴트'들이 막후의 진정한 '취업체인저'들이기도 하다. 구직자들이 무대 위의 '취업체인저'(선수)라면, '진로취업컨설턴트'는 무대 뒤의 '취업체인저'(코치)인 것이다.

정부는 일자리사업에서 '진로취업컨설팅'을 비롯한 구인·구직 지원 전반의 활동을 '고용서비스'라는 범주에 포함시키고, 그 활동과 역할을 '직업상담사' 양성을 통해 시행하고 있다. 진로와 취업상담 관련분야에서 국내 민간자격을 대표하는 국가자격증은 '직업상담사'가 유일하기 때문이다.

직업상담사 자격 보유자는 한국산업인력공단 Q-net 국가자격 종목별

현황에 따르면 2021년 말 기준 7만 991명(2021년 자격취득자 7,990명)으로 집계된다.

또 2020년 '상담인적자원개발위원회'의 '상담분야 인력 현황 및 실태조사 분석보고서'에 의하면 '한국고용직업분류' 기준으로 2020년 상담인력 종사자 수는 37만 4천 363명으로 조사됐다.

이들 상담인력 중 고용서비스나 구인·구직 업종에서 활동하는 상담사들이 진로취업컨설팅과 가장 다면적으로 닿아있는 자격보유 집단이다.

청년층 관심도 높은 서비스부문 국가기술자격 2위, '직업상담사'

산업인력공단이 2021년도 국가기술자격 검정형 필기시험 접수 인원(2,269,550명)을 전수 조사한 결과, 청년층 접수자가 절반 이상을 차지했다. 서비스 분야에서는 남·여 모두 사회조사분석사, 직업상담사 자격취득에 가장 많은 관심을 가지는 것으로 나타났다.

고용서비스는 협의의 의미에서 직업정보 제공과 직업소개를 뜻하지만, 광의의 의미에서는 직업훈련을 비롯한 인적자원개발과 취업알선 및 고용 유지를 위한 활동까지 포괄하는 개념에 해당한다.

사회적·직업적 환경의 급변에 고용형태는 다변화되고 고용의 안정성보다는 유연성이 더 높아지고 있다. 특히 디지털경제의 고도화와 채용트렌드 변화에 따른 구직수요와 취업 욕구도 다변화되고 있는 만큼 개별화된 고용서비스의 기능과 역할이 크게 강조되고 있다.

따라서 필자는 정책집행과 전달체계 측면의 '고용서비스'와 '직업상담사' 보다는 개인 중심의 개별적인 맞춤 컨설팅 성격이 더 우선되어야 할 '진로취업컨설팅'과 그 주체인 '진로취업컨설턴트'를 이 책의 롤키워드로 설정했다.

그만큼 구직자들도 자기주도의 비전과 일 중심의 포지셔닝이 선결되어야 한다.

'진로취업컨설턴트'들이 구직자와 함께 취업시장에서 맞설 유력한 카드는 '취업체인저'다. 게임의 규칙이나 판도를 바꿈으로써 새로운 국면이나 자신에게 유리한 국면으로 전환하는 '게임체인저'처럼 '취업체인저'는 구직자

청년층(19~34세)의 관심이 많은 국가 기술자격 등급별 Top5(산인공, 2021년 기준)

등급	성	1위	2위	3위	4위	5위
기사	남	전기기사 (43,593)	정보처리기사 (38,133)	산업안전기사 (26,984)	일반기계기사 (1,7727)	건축기사 (1,5171)
	여	정보처리기사 (23,238)	건축기사 (7,624)	전기기사 (6,816)	식품기사 (6,446)	산업안전기사(6,183)
산업기사	남	전기산업기사 (28,487)	산업안전산업기사(26,916)	위험물산업기사(24,532)	정보처리산업기사(9,948)	가스산업기사(7,788)
	여	위험물산업기사(7,753)	사무자동화산업기사 (5,003)	정보처리산업기사(3,826)	컬러리스트산업기사 (2,641)	식품산업기사(2,219)
서비스	남	사회조사분석사2급(5,004)	직업상담사 2급(3,387)	텔레마케팅관리사(1,674)	스포츠경영관리사(1,543)	멀티미디어콘텐츠제작전문가(771)
	여	사회조사분석사2급 (12,276)	직업상담사 2급(11,381)	임상심리사 2급(2,629)	텔레마케팅관리사(2,069)	컨벤션기획사 2급 (1,233)

중심이다. '진로취업컨설턴트'의 조력과 지원 등 코칭과 컨설팅 기능이 시의적절하게 뒤따라야 한다. '진로취업컨설턴트'와 구직자들은 새로운 작심과 절치부심으로 변화된 등판을 준비해야 한다.

특히 '진로취업컨설턴트'들은 기업조직과 비즈니스 현장의 HR부문과 충분히 소통하고, 정부와 민간부문의 진로지도부터 일자리사업에 이르는 프로젝트를 매니지먼트하면서 향후 직업과 노동시장의 변화 이슈를 공유해야 한다.

또한 4차산업의 비즈니스 프레임과 개별화된 가치를 기꺼이 담아내고자 구직고객 중심의 구독경제 형태의 컨설팅 서비스를 지금 제시해야 한다.

그래야 할 때다.

| 머리말 |

새롭게 출범하는 정부마다 최상위의 역점과제가 일자리 정책이고, 그중에서도 공공과 민간부문의 고용서비스 정책과 사업부문은 정책방향과 예산 배정에서 늘 우선이었다. 노동시장의 미스매칭 해소를 넘어서서 전 생애에 걸친 취업능력 제고를 비롯하여 일자리의 맞춤매칭에 대한 요구가 증가하고 있기 때문이다. 이러한 변화는 고용서비스 인력의 역할과 역량이 시대적 요구에 부응하여 고도로 전문화되어야 함을 시사한다.

지난 정부의 대선 슬로건인 "사람이 먼저다."라는 문구만큼 지금의 진로취업컨설턴트들에게 딱 들어맞는 미션은 없을 것이다. 디지털 전환과 비즈니스 혁신에 따른 인적자원 매칭을 위한 진로취업컨설팅의 가치와 역할에서는 더 그렇다.

전통적 소매업은 상품(서비스)-장소-고객이었다. 일단 좋은 상품(서비스)을 확보한 다음 길목이 좋은 장소에서 상품을 진열하여 고객들에게 직접 판매하는 방식이라면, 지금은 고객-상품(서비스)-장소라는 개념으로 바뀌었다.

고객을 확보하고 수요를 분석한 뒤 개인화 상품(서비스)을 기획, 설계하여 플랫폼 기반으로 맞춤형 서비스를 더욱 정교하게 지속적으로 제공하는 프레임으로 전환되고 있다. 고객과 상품(서비스)의 연결지점인 플랫폼이나 중계사이트에서 서비스 만족도와 차별화된 경쟁력을 확인하는 이용자들의 공유와 입소문이 더 많은 고객들을 끌어들이는 패턴으로 가고 있는 것이다.

집단의 빅데이터보다는 개별적인 스몰데이터, 결과보다는 배경과 과정, 양적 성장보다는 질적인 성취, 만족도 보다는 효능감을 체감하고 누리게 해주는 서비스 구조를 진로취업컨설팅에서도 적용하고 고도화해 가야 할 부분이다.

공공과 민간부문 구인·구직 현장의 '진로취업컨설턴트'들도 이런 시대적 배경과 변화의 이슈를 타고 현장의 실천가답게 일하고 있는지, 또 그럴만한 환경과 근로조건은 갖추어져 있는지, 자신은 그렇게 일할 의지와 에너지는 있는지를 자신과 주변의 현주소부터 분명하게 진단해 보아야 한다.

지금 대한민국의 '진로취업컨설턴트'라면 이에 대한 솔직하고 적나라한 자기 검증을 전제로 하되 정책과 집행에 대해서도 현장 기반의 대안들을 모색하고 정연한 정책 제안에 중지를 모아야 할 때다. 대한민국 '진로취업컨설턴트'들의 시대정신이다.

내 일의 의미와 재미 요소들이 '취업체인저'의 오브제

'진로설계'는 한 인간의 생애진로 주기 차원에서 자신의 가치관과 진로 탐색을 바탕으로 직업과 일 중심의 커리어로드맵을 정립해 가는 것, 또는 그 과정으로 필자는 개념화한다. 이 부분이 구직자의 주도성으로 정교하게 이루어졌을 때 취업과 입직 전략이 탄탄해진다. '취업체인저'의 기본요소들이다.

1~2장에서는 '진로취업컨설팅'의 영역과 역할을 서비스 대상자의 고유성과 특이성에 초점을 맞추었다.

'나다운 것'이 무엇인가, '나는 어떤 것에 몰입하는가' 등 자신에 대한 통제감을 확인하려 한다. 이 대목에서 그들의 숨어있는 에너지와 탤런트를 찾아야 한다. 그 지점이 이 시대 '취업체인저'들의 진짜 역할이 시작되는 지점이다.

지금의 구직 트렌드는 거창한 소명의식이나 이타적 책임보다는 나 중심의 자아실현과 연관된 오롯한 개인의 취향으로 변화하고 있다. 입지전적 자수성가보다는 당장의 가능성과 만족도를 우선하며, 자기중심적으로 판단하면서 자발적 가치와 주체적 동기에 의해 움직인다. 취업체인저의 시대적 역할이 급부상하게 되는 배경이다. 이들의 속성과 가치들을 진단해 볼 것이다.

준비된 '구직자', 역할 변화를 시도하는 '진로취업컨설턴트' 모두

'취업체인저'로서 거듭나야 한다. '취업체인저'는 구직자가 온전한 자기 이야기를 끌어내고 거기에 집중해야 하는 이유를 이해하면서 그 변화를 서로 체감할 수 있을 것이다. 그들 세대는 높은 연봉보다 자신이 더 의미를 두는 가치와 스스로 통제 가능한 여유시간을 더 중요시하기 때문이다. 구직자와 개인별 맞춤형 소통과 상호작용을 전제로 한 구독서비스가 필요한 이유이기도 하다.

3~4장은 '진로취업컨설턴트' 자신과 고객 관계에 대해 가벼운 이슈는 유쾌하게, 심각한 이슈는 신박하게 성찰해 보면서 자신을 근거있게 인정하고 지속 가능한 취업 강자가 될 수 있는 심리적 원천과 물리적 역량에 대해 주목했다.

MZ세대는 취향에 따른 개인적 감성적 체험을 중요시하면서도 그룹 내에서의 협업관계와 자신만의 경쟁력을 검증받고 싶어 하고, 타의에 의한 동기보다는 자발적인 동기로 하는 일에 몰입하는 세대다.

'진로취업컨설턴트'는 이들과 상호 이해와 교감에 일관된 모습을 보여야 한다. 실시간 반응부터 지속적인 지지, 자극과 동기부여, 이슈 직면과 촉진 등 관계 중심의 소통과 마케팅기법도 필요할 때가 있다. 자신이 즐길 수 있고, 지속적인 동기부여가 되고, 그것이 직업으로 연결되는 '일'과 실천 의지까지 함께 찾아보고 검증해 가는 동반자 역할을 해주어야 하기 때문이다.

'취업체인저'로서의 '진로취업컨설턴트'라면 구직자의 결정력과 실행 의지를 끌어올려 주어야 하고, 취업 후에는 향후 자신이 목표로 하는 모습을 구체화해 보고, 커리어 개발 욕구와 동기를 자극해 주어야 한다. 누구나 '나'라는 존재감과 '재미'가 있으면 주도성을 보이게 된다. 내가 중심이 되는 '나중시대'라고 하지 않던가.

5장은 인정욕구다. 자신의 인정욕구는 열등감에서 비롯된다는 학습이론도 있으나 '진로취업컨설턴트'는 존재감과 영향력을 발휘하는 차원의 인정욕구다. 그렇다. 구직, 이·전직, 재취업, 경력개발 등 다양한 수요를 갖고 있는 구직자들에게 문제해결이든, 새로운 방향 제시든, 구체적인 취업솔루션이든 개별적 체감 만족도로 귀결되는 결과물을 도출해 주어야 한다.

이는 구직고객이 체감하는 변화관리와 효능감을 통해 자기주도적인 해결의지와 성취에 대한 동기부여를 촉진해 주는 것이다. 그것이 이 시대 '진로취업컨턴트'의 소명이고 비즈니스 가치이기도 하다. 전문가로서의 사회적 인정이다. 경제활동 인구 감소 추세에 한정된 인적자원에 대한 사회적·경제적 가치를 증명하는 것이다.

6장은 이 책을 기획하면서 가장 먼저 찜한 이슈들이다. 바둑판의 포석이고 싸움판의 결정적 한 방 같은 주제어들로 핵심을 설정했다. 첫 설계였고, 마지막 갈무리 작업부분이었던 만큼 가장 많은 시간과 공을 들여 업데이트를 해 온 챕터이기도 하다. 그만큼 '진로취업컨설턴트'의 가장 현실적인 역량지침서이자 업무 필독서로 자리매김했으면 하는 바람이다.

호시우보(虎視牛步)의 자세로 차근차근 쌓아가면서 흔들림 없는 내공을 다져가야 하는 것들이다. 현장에서 동료, 팀원, 고객, 나아가 최종 관리자와 부대끼며, 탄성과 한숨, 기대들이 배어있는 사례와 그 이야기들을 성찰해 보면서 찬찬히 정리해 볼 수 있었다.

필자는 1. 컨설팅·코칭 역량, 2. 구직자 중심 소통, 3. 구인기업 & 직무역량 집중, 4. 노동시장 이래 & 잡매칭 등 이상 4가지 주제로 분류했다. 이 책의 기초설계였던 셈이다.

6장의 그 4가지 하위 주제별 타이틀 문장들이다.

[1_컨설팅 역량] 감수성 대장이 소통과 통찰력도 짱!

[2_구직자 중심] 고객 기운이 살아나야 컨설턴트도 산다.

[3_구인기업 & 직무역량 집중] 구직자 알아보는 구인기업이 진짜다.

[4_노동시장 & 잡매칭] 구직자와 궁합 맞는 비즈니스가 기준

실제 취업현장에서는 구직욕구와 취업준비 정도가 천차만별이다. 빈 일자리와 구직난이 공존하는 시대다. 진로와 취업문제를 조력하고 촉진해 주는 '진로취업컨설턴트'들은 구직자의 인생과 생

애진로에 지대한 영향을 미친다. 구직자 인생의 큰 변곡점을 맞을 수도 있다. 때문에 그들이 어떤 비전과 직업의식을 갖고, 어떤 자질과 역량을 보유해야 하고, 어떤 태도와 역할 행동을 해야 하는지, 부단한 고민과 결정, 행동과 결과 성찰을 치열하게 해보도록 촉진자 역할을 해야 한다. 그만큼 진로취업컨설팅은 이 시대의 소중한 사회적 자원이다.

남들이 '엄지척'해 주는 성공보다 내가 진정으로 만족하는 성취를 위해 제때, 제대로 뭔가에 미쳐보는 습성을 가져보자. 그 습성이 나만의 비전과 역량으로 내재화되어 나의 생애 진로로 연결될 때 정말 지속 가능한 멋진 인생이 될 것이다.

이 책은 대한민국 '진로취업컨설턴트'들을 위한 현장 실무중심의 가이드이지만, '취업체인저'가 되려는 모든 구직자와 함께 소통하고 나누고 싶은 오브제다. 함께 체감해야 할 현장의 스토리와 성찰 포인트들이 충분히 많아서다.

내 판단과 의지로 올인해 보고, 멋지게 끝까지 해내는 습관을 함께 공유하고, 성장의 습관을 내재화하고, 서로의 포텐이 터지는 순간까지 함께하고, 진심으로 축하해 주었으면 한다.

그에 대한 확신과 다짐을 위해 영화 <역린>에서도 나왔던 <예기 중용 23번째 장>의 내용으로 갈음하고자 한다.

작은 일도 무시하지 않고 최선을 대해야 한다. 其次 致曲

작은 일에도 최선을 다하면 정성스럽게 된다. 曲能有誠

정성스럽게 되면 겉에 배어나오고 誠則形

겉으로 드러나면 이내 밝아지고 著則明

밝아지면 남을 감동시키고 明則動

남을 감동시키면 이내 변하게 되고 動則變

변하면 생육된다. 變則化

그러니…

오직 세상에서 지극 정성을 다하는 사람만이

나와 세상을 변하게 할 수 있다.

〈예기 중용 23번째 장〉

차 례

CHAPTER 01
취업체인저

'진로취업컨설팅' 목적과 결과는 '취업체인저'다

CHAPTER 02
구독서비스

'진로취업컨설팅'은 개인화된 구독서비스다

CHAPTER 03
관계마케팅

'진로취업컨설팅'은 관계지향적 마케팅이다

CHAPTER 04
자신을 알다

"진로취업컨설턴트님은 자신을 얼마나 알고 계세요"

CHAPTER 05

전문가

진로취업컨설턴트는 숙련가가 아닌 전문가여야 한다

CHAPTER 06

취업체인저, 진로취업컨설턴트의 4가지 역량

CHAPTER 01

취업체인저

'진로취업컨설팅' 목적과
결과는 '취업체인저'다

1

자소서에서 현타 오고, 취업해도 퇴사하고픈 이유

기업만 짝사랑하다 나만의 매력 못 본다

"입사 기술을 터득한 이들이 결국 조기 퇴사의 부메랑을 맞고 있다."

"진로·직업교육을 제대로 받으면 임금이 낮더라도 더 만족하고 행복한 삶을 살게 된다."

국내 '취업 전임교수 1호'인 이종구 경희대 후마니타스 칼리지 교수의 말이다. 지난해 《한국 취업문화·공채문화 40년사》를 펴낸 그는 '취업교육보다 더 중요한 것은 초·중·고·대학 10여 년에 걸친 진로·직업교육'이라고 강조했다. 이 교수는 우리 대학들이 자기소개서 작성법, 면접 잘 보는법 등 입사를 위한 기술만 가르치는 것을 안타까워했다.

실제 대학이나 지자체, 취업지원 기관들의 취업프로그램* 참여자 모집내용을 보면, 취업실전이나 입사전형에 대비한 내용들이 대부분이다.

각 대학별 비교과 과목이나 '대학일자리(플러스)센터'의 정규 프로그램을 봐도 자신에 대한 이해와 분석, 진로계획 등에 대한 과정이 있지만, 단기과정으로 편성되거나 저학년 대상인 경우가 많다.

그나마 일부 대학들이 3~4년 전부터 자기 주도적인 진로계획이나 자기경영에 대한 과업과 프로그램을 도입하여 진로지도 프로세스에 적용하고 있는 것은 고무적이다. 다만 이런 자기경영이나 진로계획에 대해 MZ세대를 포함한 취준생이나 입직자들이 느끼는 필요성과 수요가 뒤따라야 할 것이다. 학교 당국에서도 이런 프로그램에 대한 적극적인 프로모션과 계도로 더욱 활성화되도록 해야 한다.

질문에 답 찾기보다 질문 의도 먼저 캐치하라

성장과정에서 우리의 발전 프레임은 협업과 상생보다 경쟁과 비

---

*입사지원서, 자기소개서 작성', '알짜기업 분석' 등 밀착관리'(OO시 취업캠프 내용)
*구인정보 분석, 면접스피치/AI면접, 직무분석, 잡매칭/알선'(OO대학교 취업프로그램 일부)

교우위에 있었다. 자신의 강점보다 남들의 실수와 부진에 더 민감했고, 문제에 의문을 품기보다 정해진 답을 누가 더 빨리 받아들이느냐가 곧 능력자가 되는 척도였다. 때문에 답을 찾는 과정은 무의미했다. 사실 답을 맞추는 것보다 질문의 의도, 궁금증의 본질이 무엇인지를 파악하는 것이 더 중요한데도 말이다.

그러나 최근 몇 년 새 지향점이 다른 사회적 양상이 뚜렷해지고 있다. 자신을 더 우선시하는 트렌드가 계층을 불문하고 확산되고 있다. 소확행, 힐링에서 워라벨, 솔로족, 엠비슈머 등으로 진화되면서 자신만의 가치와 만족을 중시하는 트렌드가 1인기업, 1인가구, 1인미디어 등이 나노사회의 붐을 타고 중심문화와 트렌드로 확산되고 있다.

물론 각 개인들이 더 힘들고 고단해진 현실에 대한 보상심리일 수도 있다. 그럼에도 그 의미가 남달리 보이는 것은 자신을 찾아가기 위한 홀로여행, 템플스테이, 업무와 전혀 무관한 일거리에 몰입하는 것, 취향이 비슷한 온전한 감정을 교류하는 등 차원이 다른 방식으로 다양화되고 있기 때문이다. 자신을 더 깊이 알아보고자 타로카드나 MBTI, DISC 등 성격유형 진단도 부쩍 많이 오르내리고 있다.

이런 자기 탐구들이 소셜커머스를 비롯한 상업적 수요나 소비적 콘텐츠라는 우려도 있으나 악화가 양화를 구축하기도 한다. 실제 성숙한 개인들의 자각과 변화의 노력은 온전한 자기다움을 지향하고 있다. 각자도생처럼 파편화된 사회 속에서 개인들이 자신의 성숙한 정체성과 가치를 찾아내려고 한다.

비로소 '진로취업컨설팅'의 영역으로 들어오는 지점이다. 그러나 막상 입직단계에 선 취준생들의 현타감은 냉혹하기만 하다. 입사지원서 작성부터 막막하다. 겨우 작성해 낸 내용도 정작 자신만의 개성이나 스토리가 없다. 자신감이나 확신이 들지 않는다.

위에서 얘기한 자기중심의 만족과 즐거움이라는 코드에서 자신만의 일의 의미와 가치를 찾아내는 일, 정체성을 찾기 위한 고민과 그것을 풀어가는 이야기가 부족하기 때문이다.

일의 의미와 재미, 나 중심으로 뒤집어 정립해야

자신을 찬찬히 들여다보고 위로하는 마음 챙김은 있었으나 자신의 성향과 일의 의미를 발견하고, 강점 발휘와 역할을 통해 존재감과 일의 의미를 즐겁게 축적해 가는 과정이 없었고, 있었다 해도 사회 구성원으로서의 성장스토리로 구체화되지 못했기 때문이다. 그러니 자신만의 진로설계로도 연결되지 못한 것이다.

구직 고객이 취업준비에 들기 전에 '진로취업컨설턴트'가 가장 집중해서 함께 들여다볼 지점이 바로 이 부분이다.

〈진로취업컨설팅 영역〉을 도식화해보면 아래와 같다.

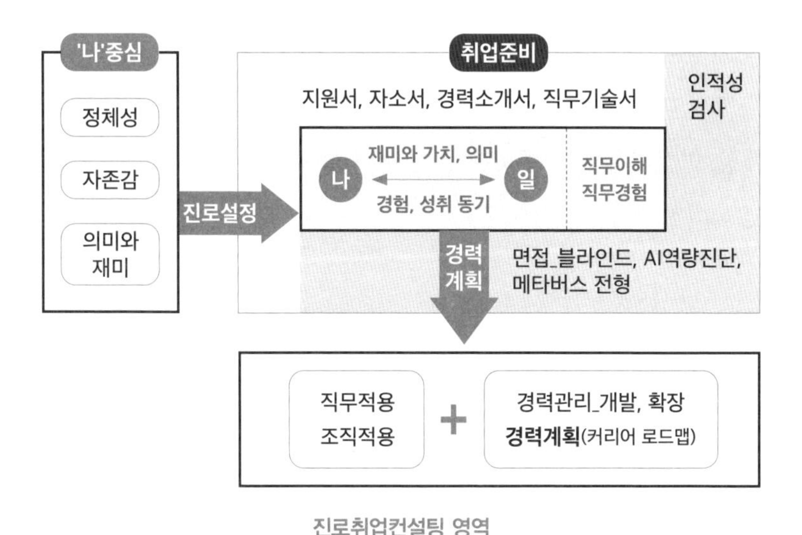

진로취업컨설팅 영역

자기소개서에서 나만의 정체성과 특정성이 보이지 않는다면 면접에서도 없던 자신감이 생길 리 만무하다.(사실 자신이 객관적으로 보기에도 자신감이 생기지 않는다면 면접의 기회도 어렵겠지만)

당락을 좌우하는 면접에서 지원자의 경쟁력을 파악하기 위한 질문은 자소서에서 시작될 수밖에 없다. 면접관은 물론이고 지원자의 입장에서도 가장 확실한 셀링포인트는 일에 대한 '진정성'과 '직무역량'이다. 이 부분에 대한 준비가 '지원동기', '입사 후 포부' 등에서 특유의 목표의식과 비전으로 선명하게 어필되어야 한다.

그러기 위해서는 취업준비 사전단계로 **[진로설정]** 코스워크, 취업 후 **[커리어로드맵:경력계획]** 수립 등 자신의 진로설계 작업이 반드시 선행되어야 한다.(다음 장에서 세부적으로 살펴볼 것이다.)

그런 다음 구인기업, 채용정보 분석, 입사지원서와 자소서, 직무매칭, 면접대응 능력 등 취업실전 능력 향상을 위한 개별적인 준비로 이어질 수 있다.

'진로취업컨설팅'에서 반드시 복원하고 리마인드해야 할 원칙이고 영역이다.

'진로취업컨설턴트'는 취준생이나 이·전직 구직자가 취업실전에 진입하기 전에 이를 위한 워밍업을 하듯 찬찬히 직면하거나 숙고해야 할 이슈와 과제들을 정립해 주어야 한다.

[진로설정]은 자신을 오프닝하고 자각하는 단계다.

일에 대한 자기감정, 직무선호도에 대한 알아차림, 외부자극을 받아들이고 온전히 느끼는 수용성을 회복해야 한다. 자기다운 감수성의 확장이다. 자신의 '오리지널리티'에 집중하는 것이다.

그 오리진을 인식할 때 가장 독보적이고 창의적이 된다. 주변과 남들 생각으로 흩어져 있는 시선들을 이제 온전히 자신에게 향해야 한다. 이젠 그래야 한다.

2

"그 부서(업무)에 지원한 이유가 무엇인가요?"

이유와 근거로 지원 동기와 비전 제시해야

인적자원. 말 그대로 자원을 뽑는 것이다.

기업은 이익을 내야 하는 회사다. 이익이 기업의 생존요건이자 가치와 이념을 추구할 수 있는 기반이기 때문이다. 원자재를 포함한 생산원가 절감이나 매출증대, 제비용 관리를 통한 이익관리도 있겠지만, 결국 구성원들의 생산성이 가장 큰 비중과 가치를 지닌다.

그렇다면 인재확보를 위한 채용 한 판에서 기업들은 어떤 기준으로 인적자원들을 모으고, 무슨 가치로 핵심인재들을 발탁을 하는 걸까. 변하는 시대상과 인재상, 트렌드와 이슈에서 파생된 다양한 변화와 부침 속에서도 결국 옥석을 가리는 딱 두 가지 키워드는 1. 직무역량과 2. 인성이었다.

'이유'에서 당락 갈린다. 자신만의 가치와 비전 밝혀라

첫 번째, 직무역량을 어필하는 포인트는 지원이유다.

"그 부서(업무)에 지원한 이유가 무엇인가?"

"그 직무수행에 필요한 역량은 무엇인가?"

"어떤 준비와 노력을 했는가?"

"그 일이 왜 하고 싶은 일이 되었는가?"

그 업무를 잘 이해하고 있는지, 그 업무수행을 위한 능력과 동기는 분명한지, 그 업무나 비즈니스에 과업을 주면 함께 성장해 갈 수 있는 잠재력과 비전이 있는지 등을 가늠할 것이다. 엄밀히 말하면 그 업무수행을 위한 완성도보다 준비된 마인드와 자세를 보는 것이다. 그래서 위 질문에 대한 답은 이유가 반드시 있어야 하며, 그 이유에서 지원자의 색깔이 선명해져야 한다.

두 번째, 인성이다.

우리 회사 분위기(조직문화)나 부서 구성원들과 잘 융합할 수 있는지, 상호 협력적이면서도 주도적인 에너지와 책임감을 갖고 있는지, 예측가능한 신뢰감과 성실함을 유지해 갈 수 있는지 등 다양한 면접유형을 동원하고, 편견과 비효율을 배제하고자 AI 면접, 블라인드 면접 등을 통해 필터링하고자 한다.

기업의 채용관문을 통과했다는 것은 회사조직이나 비즈니스 세계에서 요구되는 잠재역량과 인성을 갖추었다는 의미다.

'인성'은 성장배경과 성격, 가치관 등 개인 특유의 성향에서 비롯되지만, '직무역량'은 (인성이 변수가 될 수 있음에도) '진로취업컨설턴트'의 지원과 촉진이 상당한 영향을 준다. 따라서 앞부분에서 소개한 취업준비 전 자기주도의 정교한 진로설계가 이루어져야 한다. 취업 전 **[진로 설정]**과 취업 후 **[커리어로드맵:경력계획]**은 성공적인 입직과 취업 후 자기주도적인 커리어 비전 달성을 위해 반드시 필요한 선행절차이면서 취업 후에도 후속되어야 할 과업들이다.

'진로취업컨설턴트'가 취준생이나 이·전직 구직자에게 가장 먼저 안내하고, 그들 주도의 마인드를 동기부여하고, 계획수립과 수정, 보완해 갈 수 있도록 조력해야 하는 역할이다.

진로설계는 **[1. 진로설정]** → **[2. 구직계획+취업실전]** → **[3. 커리어로드맵]** 수립 순으로 진행된다.

(1) 진로설정

① 자기분석

MBTI, DISC, 애니어그램과 같은 진단도구도 참조가 되겠지만, 핵심은 자신의 성향, 기질과 부합된 일이나 비즈니스, 업무유형 등을 찾아내는 것이다. 재미와 흥미를 느끼고, 스스로 지속적으로 추진하여 성패 여부를 떠나 끝까지 해냈던 일이나 사건을 찬찬히 복기해 보자. 일을 떠나 스스로 동기부여가 됐던 지점을 찾아보는 것이다.

STAR story*나 경험 분석을 통해 어떤 일이나 사건 속에서 자신이 주도했던 역할, 힘든 줄 모르고 몰입했던 일, 실패했어도 내심 뿌듯했던 일 등, 그 과정에서 자신의 어떤 소질이나 능력을 발휘했는지, 어떤 근성과 기질 등이 발휘됐는지 자신이 갖고 있는 재능, 직업적 탤런트를 찾아보아야 한다.

내가 선호하는 직업역할이나 대상(기계, 정보, 데이터, 사람 등), 업무유형도 독자적인지 협업형인지, 안정형인지 도전형인지, 대규모 기업(체계성)형인지 중소 규모(주도형) 인지 등에 대한 탐색도 필요하다.

② 진로계획

'나' 중심의 커리어 설계 단계다. 타인 평가보다 나의 욕구를 우선해야 한다.

고사양 PC를 뚝딱 조립해 냈을 때, 동호회 프로그램을 기획하고 설명할 때, 엑셀로 소스데이터를 분석해서 어떤 유의미한 패턴을

---

* STAR story : 상황–역할–행동–결과 순으로 사건이나 이야기를 정리해 가는 방식

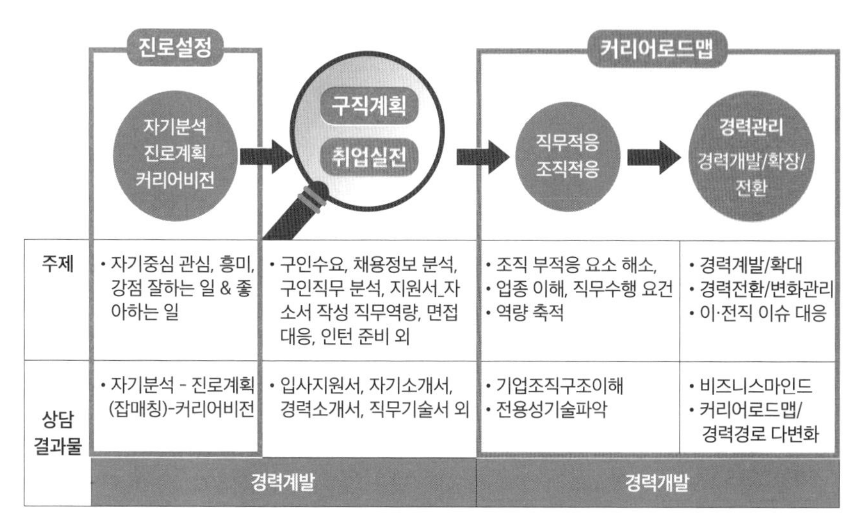

진로설계 단계 및 내용

발견했을 때, 마음고생하는 친구에게 건넨 위로 한마디에 그의 표정에 온기가 돌 때, 그 지점들에서 관련된 업무를 링크해 보면 각각 PC 조립 MD, 프로젝트 매니저, 데이터분석가, 심리상담가 등이다. 바로 나만의 일 궁합을 찾아가는 것이다.

또한 그런 일이나 분야에 진입하기 위한 자격증이나 입문과정, 인허가 과정이 있다면 우선적으로 준비하고, 관련 시장이나 고객정보, 마켓 트렌드에 대한 학습계획도 포함되어야 한다.

취준생의 입장에서는 지원하고자 하는 업(직)종이나 직무를 선정하고 그에 따른 자신의 업무적 DNA와 성취동기와 함께 지원 분야에 특성화된 자기 계발 계획인 셈이다.

③ 커리어비전

진로설정의 완성단계다.

자신의 성향과 기질, 태도들을 바탕으로 한 직업가치관과 비전을 세우고 ① 자기분석, ② 진로계획 단계에서 파악한 선호하는 일의 유형과 자신이 발휘한 능력과 기술을 바탕으로 커리어 목표와 그에 따른 수행계획과 달성 방법들을 구체화하는 단계다.

생애미션-비전-커리어목표-수행과제-달성방법-성취에너지 등의 순으로 적어보고, 자신을 스스로 객관화해서 실행과 달성을 위한 구체적인 방안과 의지를 대변하는 자신만의 '커리어 출사표'인 것이다. 그래서 '커리어비전'은 자기중심적(내가 중시하는 가치와 의미)이고, 구체적이고(체감 성취감) 일관되게(방향성) 수립되어야 한다.

(2) 구직계획 + 취업실전

이상의 **[진로설정]**을 마치면 구직계획과 본격적인 취업실전 준비로 이어져야 한다.

앞서 **[진로설정]** 내용을 기반으로 자신의 직업적 흥미와 성향, 일의 의미를 정립하고, 업(직)종, 직무내용에 대해서는 NCS나 직업사전을 참조해서 지원서와 자소서의 근간을 잡아본다. 전·현직자들의 SNS 콘텐츠나 인터뷰, 직무설명회, 직무멘토링, 직무부트 캠프 등에서 입사 동기나 목표를 더욱 구체화해 갈 수 있다.

수시채용, AI전형, VR면접, 채용연계형 인턴십 등 채용트렌드와 이슈 등에 대한 준비는관련 서적이나 SNS, 포털의 도움을 받더라도 입사지원서 작성과 면접 대응은 진로상담부터 해온 '진로취업컨설턴트'의 맞춤형 도움을 받는 것이 좋다. 진로설정에 따른 취업 지원의 방향성이 정교하게 잘 드러나야 취업경쟁력이 확연히 높아지기 때문이다.

자신의 주도성, 몰입감, 지속성이 발휘된 일이나 사건(대외활동, 커뮤니티, 인턴, 공모전, 봉사활동 등)을 통해 자신의 강점과 지원동기, 입사 후 포부를 지원자 중심으로 셀프마케팅을 전개하고 어필해야 한다.

(3) 커리어로드맵

이제 취업에 성공했다면 조직과 직무에 적응해 가야 한다.

진로설계의 완성단계이자 입직 후, 또는 재취업단계에서 수립되어야 할 로드맵이다.

[진로설정] 단계에서 수립했던 '커리어비전'(생애미션-비전-커리어목표-수행과제-달성방법-성취에너지)을 취업한 업(직)종과 직무, 과업 등을 배경으로 업데이트하고 좀 더 현실화해 가는 버전이다.

'진로취업컨설턴트'가 가장 존재감을 발휘할 **[커리어로드맵]** 정립단계이기도 하다.

'입사하자마자 꿈이 생겼다. 퇴사라는 꿈이….'라는 자조성 문구가 아니라도 조기 퇴사 요인의 상당부분은 직무능력보다 조직문화나 구성원의 태도, 이질감 등에서 비롯되는 불편함이 증폭되면서다.

경영계에서도 신규인력의 조직 적응 및 역량 발휘를 위한 '온보딩'에 집중하고 있다. '선발' 이상으로 '연착륙'이 중요하다고 강조한다. 신입사원들의 조기퇴사를 막는 것이 기업의 또 다른 중요한 목표여야 한다는 것이다.

입사 후엔 조직에 먼저 스며들고, 직무보다 역할에 집중하라

초기 3개월간 소속 부서의 업무수행 구조와 자신의 업무파악, 회사의 조직 구조 등에 대한 이해와 적응이 이루어져야 입사 초기에 안착 여부가 결정된다. 그래서 취업 추천이나 알선을 해준 '진로취업컨설턴트'의 코칭과 지지가 꼭 필요한 시기다.

초기 적응 3개월, 중기 6개월까지 조직과 부서의 역할에 잘 스며들도록 응원해 주고, 당초 자신의 '커리어비전'과 '경력계발 계획'도 재조정해 가야 한다. 1년 차가 되면 조직의 평가를 받고 역할도 확장되는 지점이다.

'진로취업컨설턴트'의 도움을 받아 자신의 업무를 분해하고 도식화해 보라.

업무 내용별로 내 임무와 역할, 그 역할별로 내가 발휘하는 능력과 역량들을 정리해 가는 식이다. 잘하는 일과 좋아하는 일을 각각 X, Y축에 놓고 4분면으로 도식화해 보는 것이다. 보유 기술, 선호업무 유형, 습관, 상황, 일의 성질 등을 각각의 4분면에 기입, 최악의 일 궁합(업무환경), 또는 나만의 최적 업무, 잠재력 포인트를 찾아내는데 직관적인 통찰이 가능할 것이다.

잘하는 일과 좋아하는 일이 어떤 직무와 어떻게 연결되는지, 지금 맡은 업무가 싫다면 기피하고 싶은 지점은 어디인지도 확인해 보아야 한다.

여기에서 놓치지 말아야 할 이슈는 나만의 '전용성 기술'*을 찾아보고 확장해 가고자 하는 '일의 의미와 가치'를 재정립하는 것이다.

예를 들어, 자신의 전용성 기술이 문서작성력이라면 경영지원이나 전략부서, 기획, 홍보부문 등의 직무역할을 찾아보고, 그 분야의 문서작성은 어떤 특징과 구성 요인이 있는지, 어떻게 작성되고 조직 내에서 유통되고 보관되는지를 알아차려야 할 것이다.

이밖에 정보수집·해석력, 대화(PT)능력 등이 전용성 기술이라면, 이 능력들이 각각 데이터 통계분석을 통한 데이터마케팅, 대면 영업 또는 온·오프라인 영업관리나 마케팅 지원업무 등으로 연결되어야 한다.

---

* 자신이 갖고 있는 재능 가운데 가장 우수한 능력. 여러 업무 유형에 활용할 수 있는 능력

조직 내에서 검증된 자신의 능력이 무엇인지, '재미'와 '의미'를 느껴 본 역할이나 과업이 무엇이었는지를 함께 복기해 보라. 일을 오래 하기 위해서는 반드시 필요한 요건이다.

그래야 그 지점에서 자신의 다음 단계의 경력 확장 및 전환 계획을 세울 수 있고, 그러면서 조직 내 기대주로 꼽히면서 이·전직도 자기 주도로 플래닝되는 것이다.

'진로취업컨설턴트'의 통찰과 코칭을 통한 동반자 역할은 그래서 지속적이어야 한다.

3

천직은 없다. 남다른 몰입과 집중에 꽂힌 '취업체인저'

그 일 '못한 이유'보다 '하려는 이유'에 '일 궁합' 있다

사람이 살아가는 데 필요한 3대 영양소는 탄수화물, 지방, 단백질이다.

행복을 느끼는 3대 요소가 있다면 무엇일까. 출처는 기억나지 않지만, 문명시대 이후 인간이 근원적으로 느끼는 행복의 3대 요소가 '봉사', '마약', '일의 즐거움'이라는 어느 보고서 문구의 기억이 선명하다.

"봉사가 곧 마약 같다."라고 말하는 분들을 주변에서 접한 적이 있다. 물론 마약 자체를 통한 행복감은 전혀 다른 차원이다. 뇌에서 감정을 담당하는 부분을 자극해서 행복하다고 느끼게 해주는 것이다. 뭔가 좋았던 느낌은 있지만 정확하게 뭐가 좋았는지는 짚어내지 못한다. 다만 원인적 행동이나 의도가 생략된 약물에 의한 결과

에만 집중하는 각성 효과다.

그렇다면 '봉사'와 '일의 즐거움'에 집중해 보자.

저마다의 작은 재능이고 노력이라 생각했건만 그것들이 모이고 모여 나누는 즐거움이 배가되는 효과라고 한다. 봉사하는 자신도 누군가에게 쓰임새가 있고, 어떤 기여를 해서 그것들이 온전히 배가되어 돌아오는 자기 존재의 증명감을 체감해서일 것이다.

'일의 즐거움' 또한 자신의 힘과 의지로 어떤 결과물이 생성되고, 고객이 그 결과물에 만족함으로써 경제적 가치로 연결되는 성취감들이 공통적인 요인이 될 것이다. 사회나 직장에서 그 성과나 능력을 엄지척해 주는 것은 부수적인 2차 결과라고 봐야 한다.

결국 ① 자신만의 판단과 노력으로 ② 몰입과 집중을 통한 ③ 그 행위의 과정과 결과물을 함께 나누고 인정받는 과정에서 궁극의 행복을 느낀다고 한다.

학창시절, 라이프매거진을 표방한 한 잡지에서 보았던 흥미로운 설문 분석기사도 이 같은 행복의 의미를 소환하게 한다. 사람이 가장 행복한 표정을 보이는 순간 5가지를 선정해 놓은 것이었다.

장시간의 어려운 수술을 마치고 나온 의사의 표정, 수일간의 지난한 작품활동을 마치고 그 결과물 앞에서 담배를 피워 문 화가의 표정, 바닷가에서 모래성을 쌓는 아이의 표정, 아이를 목욕시키는 엄마의 표정, 이제 막 여행길에 오르고자 공항에 들어서는 여행객의 표정. 이들의 행복요인은 무엇일까?

무엇보다 자신만의 판단과 결정이 먼저다. 즉, 주도성이다.

수술이든, 작품이든, 여행길이든 자신의 자유의사에 따른 것이다. 직장에서 자신이 직접 해보려는 일과 조직의 상황이나 누군가의 지시로 해야만 할 일을 비교해서 생각해보라. 명확해지지 않는가.

둘째, 몰입과 집중이다.

이것이 요체다. 물아일체. 온전히 그 일에 함몰되어 있는 사람의 표정과 그 사람을 감싸고 있는 분위기를 생각해보라. 모래성을 쌓는 아이, 씻겨주는 엄마, 여행객의 설레임과 흥분까지도.

셋째, 그에 따른 결과물을 나누는 것이다.

한 생명을 건져내고, 자신의 작품에 격려를 해주고, 목욕 후 개운해진 아기의 미소를 보는 엄마들이 그렇다.

아트페어에서 80년대생 젊은 작가들의 그림이 조기 완판되고, NFT를 통한 사진과 일러스트가 자산가치로 부각되고, 시골 폐가의 가재도구나 농기구들이 테마카페나 클래식한 대형 커피숍의 장식물로 둔갑하는 세상이다. 무엇이든 대중이 선호하고, 우선순위나 희소성이 있다면 어떤 형태로든 그 결과물이 경제적 가치로 재탄생한다는 것이다.

하찮게 보이는 일, 일 같지도 않은 일, 주변의 인정을 못 받는 일이라도 다시 보아야 하는 이유다. 특히 자기 안의 욕구와 만족이 느껴지는 지점이라면 말이다.

위의 세 가지, '주도성'-'몰입과 집중'-'결과물의 가치 공유'가 가능해지면 그 일이나 행위는 지속 가능해진다. 선순환 구조로 상호간에 자극과 상승효과를 가져오기 때문이다. 이 과정에서 생각과 방법을 달리해 보는 변화를 수용하면서도 꾸준히 해나가는 지속성이 더해진다면 그는 확실한 자기만의 비즈니스로 사회적, 경제적 입지를 구축할 수 있을 것이다. 기업 HR 측면에서는 이들을 발굴하고 육성하는 것이 당대 최고의 투자이며, 중장기적으로도 가장 확실한 ROI* 를 가져다줄 것이다. 같은 대박이라도 수익을 장기적으로 배가시키는 초우량 인재 확보를 의미하기 때문이다.

이들 초우량 인재들은 자신에게 집중하여 본인의 강점과 수요를 정확하게 포착하고, 사회나 조직의 발전과 편익에 대한 기여도와 영향력을 통한 사회적 자존감을 유지하고, 일상이든 비즈니스 현장이든 문제해결형 전문가로서의 소명과 역할로 성취감을 느끼는 '취업체인저'의 속성을 그대로 따르고 있다. 미래의 트렌디한 개인 브랜드가 될 수 있어서다.

---

* ROI(return on investment) : 투자대비 수익발생률. 투자(투입자원)후 이것들이 얼마나 효율이 났는지 파악하는 지표

기성세대는 부모가 시키는 대로만 하고 살았다. 리즈 시절, 그들도 내 인생 내가 책임질거라 강변했지만, 돌아오는 반응들은 "도대체 뭔 생각으로 사는지 모르겠다." 하는 질책들 뿐이었다.

그들은 자신이 스스로 판단, 결정했다고 믿는 것들마저 수백 년을 이어온 기존 시스템의 사다리에 지나지 않았다는 것을 뒤늦게 각성할 뿐이다.

걸레스님 중광은 '괜히 왔다 간다.'는 비문을 남기고 떠났다. 천상병 시인이 '세상 한판 신나게 놀다가 가노라.'고 〈소풍〉이라는 시에서 날린 깔끔한 갈무리 멘트들은 그들에겐 파격이었다.

자신만의 비전과 포부를 근간으로 유니크한 도발을 꿈꾸지 못했던 기성세대에 비해 지금 세대는 이미 그런 에너지와 싹수를 갖고 있다. 그것들을 좀 더 과감하고 정교하게, 때로는 신중하고 치열하게 끄집어내고 발현할 계기와 방법이 필요할 뿐이다. 때는 무르익었다.

사람들에게 묻는다. 하고픈 일을 하지 못한 이유나 사연을 물으면 못하는 이유는 수십 가지가 줄줄 나온다. 다시 묻는다. 하고픈 일을 하면 왜 좋은지, 무엇이 좋은지 말해 보라 한다. 갑자기 정적이 흐른다. 침묵의 어색함이 아니라 갑자기 정지되고 비워져 버린 느낌 때문이다. 살아오면서 그런 생각을 못 해 봤기 때문이다. 자신에게 미안해지는 순간이기도 하다. 내게 맞는 일, 일 궁합을 찾는 것이 그래서 중요하다. 그것이 절반의 성공이다.

취준생들도 공모전, 봉사활동, 인턴이나 직장체험, 알바, 동아리 등 단체활동이나 자신의 역할에서 그것들을 찾는 것이다. 인턴 6개월을 채우지 못하고 도중하차하면서 상처도 입었지만, 자신이 한 일에서 무엇이 부족한지는 알고 나왔다는 인턴 체험자의 얘기는 시사하는 바가 크다.

홈쇼핑에서 비주얼 좋은 모델들이 피팅한 옷이 탐나지만, 나에게도 그대로 맞는 옷은 아닐 것이다. 탐나지만 내 체형과 비율에 맞는지, 나의 옷맵시가 받쳐주는지 등을 엄정하게 나 중심으로 체크해 보아야 한다. '취업체인저'의 첫 번째 덕목(자신에게 집중)이 가장 먼저 부각되는 지점이다.

처음부터 나를 위한 천직은 없다. 대신 발견하지 못한 '내게 맞는 일'은 있다. 그나마 직접 입어보며 조금씩 더 어울리는 옷을 찾아나갈 뿐, 30대 중후반까지 그 일을 찾아다니는 과정일 수도 있다.

취업준비도 입사기업 목표를 잡고 열공 모드에 들어가기 전, 그 기업에서 하는 일이나 역할에 대해 나의 기질, 성향에 맞고 흥미가 발동하는지, 동기가 생겨나는지, 그것들을 먼저 명확히 짚어보고 취업전략을 구체화했으면 한다. '취업체인저'의 두 번째 덕목(좋은 영향력과 사회적 자존감)이 작동해야 한다.

획일화된 면접과 취업을 준비하다 보면 자신도 획일화되어서 단순히 눈앞의 전형과제에만 몰두한 나머지 정작 자신이 성취하고자 하는 것을 잃어버리는 패착에 빠지기도 한다.

기름기 절은 청자켓을 고집하고, 설렁설렁 여유를 피우면서도 자신감에 넘치는 건설현장의 코어 기술자가 있다. 코어 기술자는 콘크리트 벽에 구멍을 뚫는 기술자를 말하는데, 콘크리트 안쪽의 철골까지 감안해 기계로 구멍을 뚫어야 하기 때문에 숙련자와 비숙련자의 차이가 크다고 한다.

일찌감치 공사판에 뛰어들어 일관되게 20년 이상의 숙련도에서 대체불가한 기술직 전문가로 인정되어 30대 후반인 지금은 핵심 코어 기술자로 인정받아 억대 연봉자가 됐다. '취업체인저'의 세 번째 덕목(현장형 문제해결 전문가)이 발휘된 결과다.

자유직업이라 덤프트럭 타고 출근해서 세단 타고 퇴근한다. 더구나 길게 일할 수 있다. 건강만 허락된다면 60대까지도. 시간과 일관성은 못 따라간다.

취업과 이직을 준비하지만, 여전히 오리무중인 이들이 많다. 급한 상황인데도 답답하고, 뭔가를 해야 하는 데도 할 수 있는 게 없다고 한다.

자기 의지와 주도로 몰입과 집중을 통한 결과물이 일부에서라도 인정받고 가치로 느껴본 성취감에서 자신에게 맞는 일의 단초를 찾아야 한다. 그래야 그 일에 본인의 가슴과 머리가 따라가 줄 것이다.

결국 몸은 생각과 의지대로 움직이게 된다. 그 생각과 의지를 자기중심으로 소생시켜 가도록 하는 것이 이 시대 '진로취업컨설턴트'의 미션이고 활동 영역이다. 이제 그들과 취준생이 '취업체인저'로 본격 등판해야 할 때다.

4

취업멘토 없어 어렵다 말고 스스로 '취업체인저' 돼보자

지원 분야에서 나만의 스타성(스페셜리티)이 있는가

"할머니, 우리들의 어머니는 그 모든 수고와 마음 씀의 근간은 사랑이다. 헌신이다. 무조건이다. 그래서 더 절실하고 간절한 만큼 상대방에겐 부담이 되고 상처가 된단다."

한 종편채널의 상담 프로그램에서 들었던 말이다. 불현듯 뇌리에 훅 박히는 날 선 긴장감이 돈다. 요즘 핫피플로 주목받고 있는 정신건강 분야의 권위자로 떠오르는 오은영 박사의 코멘트였다.

결국은 방법이 아닐까? 그 방법은 듣는 자, 받는 자의 조건과 수용성을 살피는 것에서 시작하는 것이다. 그 수용성은 상대방의 말이나 의도, 요구에 대응할 만한 여건이나 상황이 되는지와 그것에 대응하고 반응해 줄 준비와 역량이 되는지로 나누어진다.

진로취업 상담 분야라면 더욱 선명하게 불거지는 문제다. 구직고객 여건(상황, 환경, 조건)과 능력(의지, 가능성 등)이라는 변수다. 진로취업 상담을 하게 된 대상과 상황에 따라 구직고객의 상담 수요와 도움을 요청하는 내용과 범위는 천차만별이다.

"내가 왜 떨어졌는지 그 이유라도 알았으면 좋겠다."

"취업고민을 나눌 멘토가 없어서 제일 어렵고 난감하다."

2~3년 전 한 취업포털에서 조사, 발표한 내용에서 취준생들이 나타낸 하소연에 가까운 공통된 반응들이다.

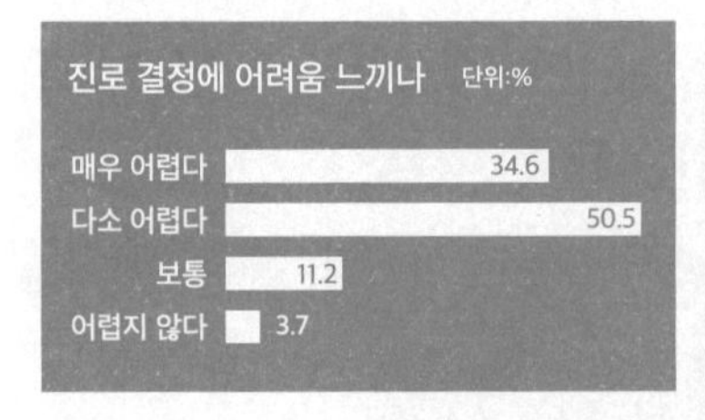

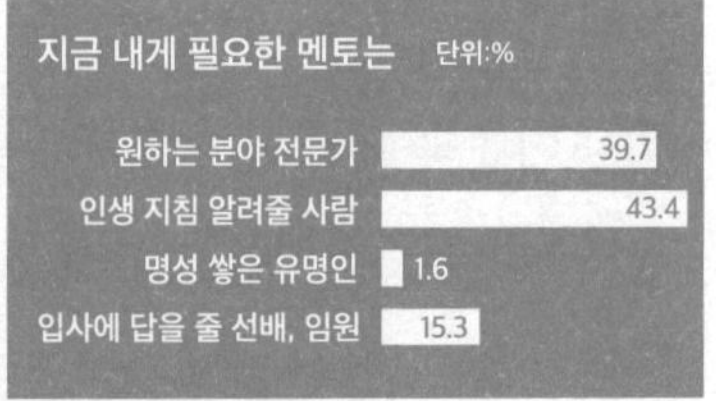

진로를 결정했나 단위%

했다 46.2 못했다 53.8

진로 선택에 도움 주는 멘토 있나 단위%

있다 34.3 없다 65.7

취준생·대학생 821명 설문조사 결과 / 취업포털 I사, 2020. 1.

사례1

자소서 내용을 재설계하다 보니 왜 스포츠마케팅을 하려고 했는지, 고등학교 때 부상을 입기 전까지 선수생활을 했다는 점 외엔 그 어떤 연결내용이 없다.

사례2

회계사나 감정평가사를 준비한다는 친구도 두 분야가 완전 다른 분야임에도 유사, 관련 분야라 생각하고 성적이나 주변 평가대로 수리능력이 좋다는 것 말고는 아무런 동기부여도 없었다.

사례3

유튜브 채널 운영과 학보사 경력으로 중소홍보대행사에서 온라인 마케팅을 담당했다. 회사의 서비스아이템을 글, 이미지, 동영상으로 SNS와 같은 온라인, 모바일에 노출시키는 것인데, 콘텐츠를 짧고 빈번하게 업데이트하는 부분에서 힘에 부치고, 포스팅을 올리는 채널관리, 노출과 반응관리 등에서 일찌감치 피로도를 느끼고 흥미를 잃어버렸다.

위 3가지 사례는 흔히들 접하는 진로설계의 오류나 미흡함에서 파생된 것이다.

"여긴 어디고, 나는 누구?"
"그때그때 달라요."
"내가 그때 왜 그랬는지 모르겠어."

흔히들 우스갯말로 또는 자조적인 표현들이지만, 생애주기에서 중요한 진로설정이나 커리어 전환지점에서도 이렇다면 얘기는 달라진다. 심각한 상황이다.

자신이 스스로 주도한 성찰이나 각성을 통한 자신의 본성과 기질, 성향과 이를 토대로 한 직업적 가치관을 제대로 잡아보아야 한다. 내가 지금 왜 이 선택을 했고, 어떤 역할과 행동을 통해 기대하는 결과가 무엇인지, 그것이 나에게 어떤 가치가 있는지 말이다. 앞서 얘기한 진로설정의 시작점이다.

'자신과 일' 궁합도 모르는 취업준비는 무의미

아래의 질문과 성찰을 통해 유추되는 일이나 사건들에서 자신의 역할이나 행동하게 된 동기나 그 과정도 찬찬히 복기해 보자. 그 내용을 이야기하는 자체가 즐겁다면 나의 직업적 DNA가 배어있을 수도 있다.

'진로취업컨설턴트'가 구직고객과 일의 궁합을 찾아낼 수 있는 중요한 타이밍이다. '진로취업컨설턴트'가 '취업체인저'로서의 자극과 촉진이라는 역할이 작동되어야 하는 중요한 포인트이기도 하다.

- 시간 가는 것을 잊고 뭔가를 했던 적이 있는가?
- 하고 싶은 것을 기다리는 것(참는 것)이 힘들었던 적이 있는가?

- 한때나마 가졌던 흥미나 관심거리 중 지금도 유지되거나 더 커진 관심분야는 무엇인가?
- 다른 사람들은 어렵고 힘들다 하지만 자신은 그렇지 않았던 일이 있었는가?
- 경쟁에서 지더라도 남들 눈치도 볼 필요 없이 하고 싶은 일은 무엇인가?

'진로취업컨설턴트'와 구직자가 한 가지 유념해야 할 것은 진로설정이 목표나 비전을 확정하는 것은 아니라는 점이다. 자신의 정체성과 주도성을 기반으로 한 방향성이다. 때문에 진로설정 단계는 자신의 생애설계 차원에서 사회 진출(입직)을 앞두고 하는 것이 대부분이지만, 필자는 대학교 1~2학년(직업계고의 경우 1~2학년) 시점부터 진로의 방향성을 잡아야 한다고 본다. 물론 입직 후 취업, 이·전직 과정에서 수정, 보완되는 과정을 거치게 된다. 중요한 것은 그 과정에서 직장이나 비즈니스 현장의 부수적인 변수에 휘둘리지 않고, 이·전직할 때도 소탐대실하지 않고, 원활한 커리어 전환이 가능하고, 비즈니스를 오랫동안 해도 슬럼프가 오래가지 않는다. 자신의 정체성과 주도성을 유지해 갈 수 있기 때문이다.

앞서 주목했던 '취업체인저'로서의 주도적 사고와 결단력 있는 행동은 그만큼 중요한 경쟁력의 원천이 될 것이다.

타인이나 상황이 아닌 '나' 중심의 커리어비전이 수립되고, 나의 커리어는 타인과 사회에 좋은 기여나 영향력을 끼쳐서 사회적 자존감을 유지하고, 현장 중심의 문제해결형 전문가를 지향하는 속성을 띠고 있기 때문이다.

〈취업체인저의 중심가치〉

	~에서	~으로
일에 대한 주체, 주요인	타인, 상황(환경)	'나' 중심
일(커리어) 수행 동기	과업 수행	사회(조직), 타인에 대한 좋은 영향력
일의 가치	생계유지, 경제 활동	현장형 문제해결 전문가

데뷔하자마자 최고의 자리에 올랐음에도 자신의 분야에서 오랫동안 살아남았고 제작자로서 수많은 기록을 갈아치운 JYP의 박진영 대표.

2015년 화제가 됐던 'Mnet 서바이벌프로젝트'에서 박진영 PD는 본선 참여자들에게 첫날

과제 제시를 통해 스타성을 보여달라고 한다. 심사위원들이 "쟤는 스타구나, 스타가 될 끼와 잠재력이 있네."라는 인식을 갖도록 해야 한다는 주문과 함께 박진영 PD의 기대와 노림수는 그 과정에서 그들 스스로 '내가 왜 특별한가', '왜 가수가 되려 하나', '나는 무엇을 보여주고 싶은 건가' 등 자신이 인정하는 동기와 이유가 명확해지도록 하는 것이었다.

절박해 보인 참여자들, 그들에게 '빼 때리는' 통찰을 유도하는 시그니처 오더였다.

5

"우리 학생들을 뽑은 이유가 무엇인가요?"

견디다 좌절? 해보다 실수! 업뎃·향상능력 역주행

수년 전 J일보 취업면 기획 기사에서 〈입사 초년생 퇴사이유〉라는 설문조사 결과 퇴사자의 67%가 "맡겨진 업무에 대한 불만, 미래에 대한 기대감 부족 때문에 퇴사했다."라고 답했다. 더 눈길을 끌었던 내용은 퇴사는 했으나 이들이 입사해서 "자신들이 무엇이 부족하고 서툴렀는지를 여실히 느꼈다."고 한 기사 후단의 내용이다.

'경험만큼 소중한 지식과 지혜는 없다.'라고 볼 수도 있겠지만, 입직 초기에 자신과 실제 현장에서의 괴리감을 자기 중심으로 자각을 했다는 점이다.

작금의 취업컨설팅은 구직자 중심의 오롯한 진로 설계가 생략되어 있다. 이는 행선지도 모르고 차에 오르는 것과 같고, 어떤 자리에 가는지도 모르고 옷장부터 뒤적이는 모양새다.

원픽의 드레스코드로 빛이 나도 '때'와 '장소'라는 코드와 언매칭이 되면 주변의 시선은 둘째치고 자신이 먼저 위축되고 자존감을 잃게 되는 법이다. 결국 위의 퇴사자들처럼 어렵게 취업에 성공해도 조기에 이탈하는 이들이 늘고 있다. 더 심각한 점은 일정 경력이 붙기도 전에 돌싱이 되어버리는 악순환으로 이어질 경우, 신입지원자보다 취업이 더 어려워지는 늪에 빠질 수도 있어서다.

일자리창출과 고용유지에 그 많은 예산과 인적자원을 매년 투입하고도 이 같은 문제가 더 깊어지는 것은 무엇때문일까, 누구의 문제일까, 그것들보다는 '어느 지점에서', '진로취업컨설턴트'의 역할에도 상당 부분이 문제였다고 본다.

'진로취업컨설팅'에서 1. 자기분석-2. 진로계획-3. 커리어비전 수립의 **[진로설정]** 단계를 생략하거나 부실한 취업컨설팅은 자신의 재능이 생략되고, 스스로 그 일을 하는 이유와 의미가 부재한 취업기술 컨설팅을 받은 것이다.([진로설정]은 고졸·대졸 취준생은 물론이고 대졸 취업자나 심지어 시니어급 경력자들도 의외로 취약한 지점이다.)

내담자가 작성해 온 입사지원서를 컨설팅하고, 이를 토대로 지원 분야에 부합된 구인 정보를 분석하고 직무매칭 후 알선까지 원활하게 지원해 주는 상담이 아마도 대부분이다.'진로취업컨설턴트'의 주된 역할이 '취업상담+잡매칭'에만 국한되어 있어서다.

구직자도 취업 일선에서 자신의 커리어 가치가 아닌, 그냥 '일'을 하려는 것이다. '때가 됐으니 하는 취업', '기존 체제나 남들 가는 데로 맞춰가는 취업'에만 몰두했기 때문이다.

신입 때 내게 맞는 업무, 재능 DNA 셀프 검증해야

구직자 개인별 경쟁력 있는 취업준비는 취업가능성을 넘어 입사 후에도 해당 조직에서 힙한 유망주로 등극하고, 업계에서도 러브콜 하는 블루칩으로 성장해 갈 수 있는 기반이 되기도 한다.

자신의 '정체성'과 '주도성'이라는 기반 위에 자기 재능영역에서 타겟팅한 취업목표라면 같은 시간의 노력이라도 상당한 수준의 경쟁력과 실행력으로 나타날 것이다.

신입 때는 자신의 계획과 목표, 그에 따른 몰입도와 향상심이 기성 조직에서 또는 비즈니스업계에서 부딪치고, 섞이고, 다듬어지는 단계를 통해 여러 반응들로 표출된다. 크게 보면 동기부여, 견뎌보기, 좌절 또는 방황 등 크게 3가지 반응으로 구분된다.

입사한 조직에서 기존의 구성원들과 융화하면서 주어진 역할을 조기에 습득하고, 기존보다 향상된 결과물을 내고자 내부의 롤모델을 내재화하고, 스스로 동기부여나 모멘텀을 찾아가는 것이다.

물론 이 경우보다는 일단 대인관계와 부서 업무에서 최대한 중립적인 스탠스를 취하면서 자신의 욕구와 색깔을 드러내지 않고 견뎌보거나 '여긴 어디?', '나는 누구?'처럼 마음을 다잡지 못하고 조직과 비즈니스에 스며들지 못하는 혼선에 빠지는 경우가 많은 것도 현실이다.

[진로설정]이 '나' 중심의 '커리어디자인'이라고 한다면, **[커리어로드맵:경력계획]**은 취업 후 나와 조직, 나와 비즈니스의 궁합에 따라 수정,보완 작업을 해가는 차원으로 보아야 한다. 그래서 '진로취업컨설턴트'와 '구직자'는 자기주도형 '취업체인저'로서의 마인드 전환이 필수적이다.

입사 초기 1~3개월은 소속 부서(조직) 적응과 직무 적응을 위한 멘토링과 관심이 필요할 때다. 물론 부서 구성원과 HR부서의 역할이 우선이지만, 알선을 해준 '진로취업컨설턴트'의 심리적 지지와 코칭이 소중한 버팀목이 되기도 한다. 조기 이탈률과 퇴사율을 줄이는 지점이기도 하다.

'진로취업컨설턴트'는 목전의 취업전략과 준비도 기민해야겠지만, 구직자 중심으로 진로 설정부터 취업 과정, 입직 후 커리어로드맵까지 생애설계 측면에서 함께 바라보고, 설계하고, 구조화해 가야 한다. 신입이 경력을 쌓아가는 직업 활동은 자신의 기질과 성향 등 본연의 DNA를 발휘할 수 있는 가장 체계적이고 일상적인 활동 배경이다. 조직과 외부고객 등 관계집단이나 개인들과 숱한 상호작용을 통해 자신의 정체성과 함께 재미와 의미가 생생해지기 때문이다.

적응 과정에서 수정·보완 후 인정받는 부분, 역할 중심으로 복기

"우리 학생을 뽑아줘서 고맙습니다."

"왜 우리 학생을 뽑으셨는지 말씀해 주실 수 있습니까?"

지난 2년 넘게 코로나19 대유행으로 기업체 방문 자체를 꺼리는 분위기에도 조심스레 기업체 인사담당자를 만나고 다니는 사람들이 있었다. 부산 동아대 취업팀원들이었다.

그들은 해마다 한 번씩 상경해서 서울지역에 취업한 동아대생을 격려하고 있다. 그리고 빠짐없이 소속사 인사담당자들을 만나 고마움의 인사와 더불어 위와 같은 질문들을 했다. 조직 적응 과정에서 보완할 점은 없는지, 인정받은 장점들은 무엇인지, 그 해답을 가지고 학생들에게 다시 취업 비법을 전수하고 있다.

동아대 취업팀의 모토는 'BTS(Better than Student)'이다. 학생보다 더 나아야 가르칠 것이 있다는 뜻이란다. 취업팀 직원들은 매년 토익과 토익스피킹을 응시해서 만점에 가까운 점수를 유지하고 있고, 취업캠프 강의도 외부에 맡기지 않고 취업팀 직원들이 직접 한다고 한다.

'취업체인저'로서 '진로취업컨설턴트'의 '역할'과 진짜 '경쟁력'이 어디에 있는지를 되새겨 보아야 할 BTS다.

CHAPTER 02

구독서비스

'진로취업컨설팅'은 개인화된 구독서비스다

1
구직자 스스로 찾아야 할 '이것', 구독서비스로 가능할까

잘하는 일(역할) × 좋아하는 요소 + 인정(검증)받는 정도 = ?

'이것'은 누가 시키지 않아도 스스로 움직이게 한다.

'이것'의 키워드는 '스스로'와 '움직임'이다. 자발적 행동이다.

필자에게는 언제나 미답의 오브제였다. 그러면서도 늘 애증의 관계처럼 놓을 수 없는 이끌림이 있다.

'스스로'는 자유의지와 자존감의 소산이기도 하다. 주도성과 책임감의 배경일 수도 있다. 나는 '스스로'의 동기와 그 지속성에 주목한다. '움직임'은 계획과 생각에서 훨씬 더 진보한 시도와 행동이라는 의미 때문에 또 유의하게 본다. 전향적인 피드백과 보완, 개선이 가능하고, 더 나아지고 있음을 체감하며 내재화할 수 있는 근거이고 시작점이기 때문이다.

그렇다면 더 궁금해질 만도 하다.

'이것'은 누가 시키지 않아도 스스로 움직이게 한다. 무엇일까? '이것'의 움직임은 때론 기민하면서도 치열하고, 리드미컬하면서도 온전한 집중력을 보인다. 극도의 긴장만큼 극히 섬세해지고, 하나를 알게 되면 둘, 셋을 파악하여 열을 보려고 들이댄다. 결국 '이것'은 나를 위한 시간의 원천이 되기도 한다.

'이것'은 어디가 완성인지도 모른다. 끝인가 싶었는데 또 다른 넓이와 깊음에 대한 향상심이 생겨난다. 동반되는 낯섦과 부담에 대해서도 정면으로 돌파하려는 의지 같은 것이다.

대체 '이것'은 무엇일까? '몰입'이다.

'몰입=잘하는 일(역할) × 좋아하는 요소 + 인정(검증)받는 정도'로 풀이된다. 익숙하고 잘하는 일(역할)을 확대 적용하면서 자신이 좋아하는 요인들을 접목해 보는 것이다. 몰입에 진입하는 지점이다. 그 과정이나 결과물이 주변의 인정을 받고, 가치와 의미(사회적 기여, 경제적 가치 등)를 받게 되면 몰입은 고도화되고 지속되는 것이다.

'몰입했던 일'에선 불만보다는 아쉬움이, 안타까움보다는 또다른 호기심과 승부욕이, 변화에 대한 우려보다는 새로운 진화에 대한 설레임이 꿈틀거린다. 자신만의 포텐을 터뜨리고, 결국 세상이 인정하는 유일무이한 굿즈, 명품을 만들어 내서 그 분야의 잡마스터가 되어 성공 커리어를 구가하게 한다. 바로 대체불가의 원픽 마스터, 전문가가 되는 것이다. 어느 순간부터.

그렇다면 '몰입'은 지금의 구직고객들에게 어떤 의미로 다가올까. 흔히들 열일, 열공이 떠오를 텐데 주 40시간. 눈치보지 않는 칼퇴근. 야근 없는 재택근무라고 진짜 워라밸일까? 늦은 퇴근 후 집에 돌아와서도 다음 날 처리할 일 생각에 스트레스보단 묘한 동기를 느끼고, 고단하지만 뭔가 와 닿은 성취감이 있다면 그것이 진짜 워라밸이 아닐까?

남과 다른 '몰입'과 '집중'에서 '자기 일' 찾아야

세계적인 경영학 석학으로 꼽히는 줄리안 버킨쇼 런던 비즈니스 스쿨 교수는 자신의 저서 《Becoming a Better Boss(좋은 보스 되기)》라는 책에서 "천직이라는 단어는 전적으로 틀린 말(calling is entirely the wrong word)"이라고 했다.

우리는 어릴 때부터 '천직'을 찾으라는 말을 의심 없이 들어왔다. 아무도 대체하지 못하는 나만의 '천직'은 아니더라도 나에게 딱 맞는 일을 찾으라는 주문과 고언은 익히 들어왔다. 생활의 달인에 나오는 주인공들도 그렇고, 스포츠스타가 예능감 폭발로 핫한 방송인으로 거듭나는 것을 보면서 우리는 그렇게 학습되어 가는지도 모르겠다.

그가 천직이 없다고 말하는 배경은 이렇다.

"자신이 무엇을 잘하는지를 분명하게 인식하는 경우는 매우 드물다. 여러 가지 다양한 직업 중 하나가 자신에게 딱 들어맞는 경우도 거의 없다. 사람들은 이 직업에서 저 직업으로 점프해 다닌다. 그러면서 자신에게 좀 더 맞는 직업으로 다가가고 있다는 신호를 찾으려고 한다."며 "직업을 찾는 것은 마치 우리가 백화점이나 쇼핑몰에서 옷을 고르는 것과 별 차이가 없다. 정말 내게 100% 맞는 옷은 없다. 나를 위해 태어난 옷 같은 것 역시 없다. 여러 옷을 입어보며, 내게 조금 더 어울리는 옷을 찾아가는 것이다. 우리가 내게 맞는 직업을 찾는 과정도 이와 크게 다르지 않다."라고 했다.

필자도 십분 동의한다. 특히 자신에 맞고 잘하는 일을 찾아 나가는 과정을 백화점에서 옷을 고르는 행위에 비유한 대목은 폭풍 공감한다.

현실적으로 백화점에서 언제까지 이 옷, 저 옷을 입어볼 수 있을까, 현실적으로 쉽지 않다. 아울렛 매장이라도 그렇다. 대신 온라인 쇼핑이나 커머스몰에서 가상으로 자신에 맞는 스타일을 제한 없이 착장해 볼 수는 있다. 그렇다면 수많은 스타일을 어떤 기준에 맞춰 자신에게 맞다 할 것인가. 직관적으로 좋으면 그만인가. 아니면 왜 굳이 주변인들에게 호불호를 묻는가.

자신에게 맞는 컬러와 톤, 체형, 디자인, 소재, 핏감 등에 대한 자신의 캐릭터와 선호 스타일이 분명해야 한다. 트렌드와 유행, 유명인의 스타일을 쫓다 보면 나만의 기준과 스타일은 사라지고 옷에 휘둘리는 상황이 반복되다 보니 나에게 맞는 옷이 쉽게 나올 리 없다.

자신의 일과 직업도 딱 그 이치다.

자신의 성향과 기질을 포함한 본성, 직업적 가치관, 내재된 잠재력과 같은 자신의 아이덴티티에 부합되는 직업적 활동들을 찾아가는 과정이 누락되었기 때문에 외생변수(소속 회사의 지명도, 임금, 복리후생, 근무시간, 조직 갈등 등)에 휘둘린다. 자신의 일을 찾아가기 위한 나만의 기준과 매뉴얼이 없다. 그래서 퇴근이 조금만 늦어져도 초조하고, 상사의 업무적 충고에도 평상심이 흔들리고, 친구 회사와의 비교에도 자존감이 쉽게 떨어진다.

반면 그들은 디지털 네이티브 세대고, 자기중심과 타인과의 커뮤니티를 모두 중시하는 세대이다. 보편화된 공정과 상식, 그리고 공동체적인 비전만큼 자신의 가치와 즐거움도 그만큼 더 중요시한다.

나를 살맛나게 하는 버킷리스트도 중요하지만, 최고의 나다움이라는 키워드로 비전리스트를 업데이트하고, 나만의 핵심 강점을 발휘하여 통제 가능한 삶을 내재화하려는 욕구도 명확하다. 내 안에서의 승부욕이다. 누군가의 인정도 힘이 되지만, 그보다는 자기증명과 셀프 효능감을 이미 맛보았기 때문이다. 자기만족과 주변의 인정을 갈급해하는 것도 그 때문이다.

그렇다면 이들에게 자존감을 확인하는 동기와 모멘텀이 필요하겠다. 개인별 욕구와 잠재된 DNA를 일깨울 수 있는 어떤 방아쇠가 필요하다. 단 한 번의 격발이 아닌, 여러 잠재적 능력에 대한 지속적인 두드림과 자극이 절실한 시점이다.

'구독서비스'로 구직고객이 특별한 '나'를 느끼게 해야

여기에서 구직고객들이 자연스럽게 수용하고 적용할 수 있는 상담서비스 모델이 '구독서비스' 형태다. '구독서비스'는 상담사와 구직고객이 컨설팅서비스 약정(약속)-정기적 서비스-지속 구매 형태로 이루어진다. 일시적·단발적 거래와는 다른 속성이다.

약정한 상담사는 지속적으로 고객의 욕구와 경험을 파악해 가면서 고객의 생애가치를 높여 갈 수 있다. 고객의 생애진로부터 취업, 이직이나 전직, 조직이나 업무적응, 경력관리 등 커리어 이슈에 대한 개별화된 대응과 문제해결에 초점을 맞추기 위해 개인 맞춤컨설팅의 지속성과 구체성을 담보할 수 있기 때문이다.

구독서비스는 고객에 대한 정확한 이해가 선행되어야 한다. 고객의 니즈를 우선하는 상호작용을 통해 상담서비스를 구조화하고 이행되기 때문에 고객중심의 가치와 의미에 충실할 수 있다. 구직고객의 동기와 비전에 집중할 수 있는 일관된 상담과 코칭을 수행하게 된다. 충분한 상호교감과 작용을 통해서다.

정기적으로 전문서비스를 받고자 하는 고객의 욕구는 컨설팅서비스의 발전을 자극하게 된다. 구독서비스를 통해 구직 고객의 일 관련 흥미와 성향, 가치관 등 별적인 속성과 취업의지와 가능성 향상 요인을 찾고 축적하고 업데이트해 가는 것이다. 빅데이터가 아닌 스몰데이터를 바탕으로 개인 맞춤형, 선별적 서비스가 이루어진다.

따라서 사후 컨설팅보다는 사전 컨설팅에 더 집중할 수 있다. 고객 데이터에 기반한 취업·진로정보 제공과 상담이 가능해질 뿐만 아니라 고객이 요청하지 않아도 먼저 서비스하고, 고객이 발견하지 못한 부분도 함께 발견하고 확인해 보려는 동기도 갖게 한다.

이처럼 구독서비스 모델은 참여 고객과의 **① 공감·배려 → ② 이슈찾기+수요분석 → ③ 대안마련+동기부여 → ④ 문제해결**(방안) **→ ⑤ 지지와 검증**. 이상의 프로세스가 충분한 상호작용을 통해 소기의 목표와 성취가능 정도까지 예측해 볼 수 있다.

'소셜커머스'가 '라이크커머스'로 진화하고 있다. 소비자들이 상품 선택과 구매 시에도 〈더 나음〉에서 〈남과 다름〉으로 그리고 〈나다움〉으로 이행하고 있다. 가장 나다운 상품을 만났을 때 '좋아요'를 누르고 지갑을 여는 것이다. 하물며 평생의 '업'이고, 생애 커리어 문제인데 '무엇이 나다운 것인가'를 더 몰입해서 찾아야 할 문제가 아닌가.

'진로취업컨설팅'의 구독서비스화는 고객 스스로 온전한 나 자신과 나의 이야기에 집중하게 할 것이다. '나다운 것이 무엇인가', '나는 어떤 것을 좋아하는가' '나에게 재미와 의미를 주는 일이 있을까'에 대한 탐색욕구가 차오르면 이미 '취업체인저'가 된 것이다. 그래야 누구나 찾는 정답이 아닌, 자신만의 해답을 찾을 수 있을 것이다.

2

구직고객을 대하지 말고 그들의 '마음'에 들어가라

그들이 체감하는 '동기부여'가 컨설팅의 이유

'우리나라 직장인 10명 중 7명은 최근 1년 새 '번아웃'을 경험한 적이 있다.'

'직장인 절반 이상은 최근 1년 새 이직을 시도한 적이 있다.'

'우리나라 직장인들은 일을 통한 성장에서 행복감을 느낀다.'

지난해 이맘때 '중앙일보'와 모바일 어플리케이션 앱 〈블라인드〉가 7만여 직장인들을 대상으로 공동조사한 결과다.

직장인의 직무만족도에 가장 큰 영향을 미치는 두 가지 요소가 '업무 의미감'과 '상사와의 관계'라고 한다. '업무 의미감'은 회사 일이 자신에게도 의미가 있고 일을 통해 본인이 성장하는 느낌을 갖는 것이라고 한다.

'진로취업컨설턴트'의 '직무만족도'도 이 두 가지 요소가 중요하다. 하지만 약간은 결이 다르다. 그 의미와 대상자 때문이다.

'진로취업컨설턴트'에게 '업무 의미감'에서 중요한 비중을 차지하는 것은 '고객'이다. '구인기업'과 '구직자'다. 특히 구직자와의 첫 만남에서부터 취업지원 중단이든 완료든 종료에 이르기까지 구직자와의 관계관리와 컨설팅 결과들은 담당 컨설턴트와 구인기업에게도 중요한 변수가 된다. 때문에 구직고객은 '진로취업컨설턴트'에겐 고객 차원을 넘어 자신의 역할을 재인식하고 그 가치를 증명해 주는 소중한 동반자일 수밖에 없다. 담당 컨설턴트는 구직자에게 미닝메이커가 되어야 한다. 정보를 주고 팁을 제공하는 중개인이 아닌, 구직고객 스스로 의지를 높이고 실행해 갈 수 있는 이유와 동기를 갖도록 하는 것이 가장 중요한 미션이다. 그래야 그 이후의 컨설팅이나 코칭이 가능해진다.

구직자 불안, 답답해하는 만큼 꿈은 더 확신하고 싶다

그 과정에서 변화관리를 잘 거쳐온 구직자는 담당 컨설턴트와 상호작용이 원활해져 일의 의미와 에너지를 주고받으면서 지원 분야의 비전과 방향성까지 잡아간다.

담당 컨설턴트도 취업동행자로서, 전문 조력자로서 자신의 역할과 영향력을 확인하게 되는 시점이기도 하다. 소속 회사에 불만이 있고, 상사와의 관계가 다소 불안해도 이를 극복해 갈 수 있는 힘도 축적이 돼가는 것이다.

다른 업(직)종의 회사와 달리 조직의 방침보다 상담사 본인의 주도성이 중요 변수이고, 관리자의 개입이 어려운 고객과의 내밀한 상호작용이 실적의 기반이 되고, 구직고객의 인정과 신뢰가 서비스 유지의 전제조건이 되기 때문에 그렇지 못한 경우, 자신의 역할에도 즉각적인 데미지를 입게 된다. 그만큼 구직고객 유형별 형태와 속성까지 감안해서 구직고객 컨설팅 데스크에 나서야 하는 이유다.

#1. 불만과 답답함, 내 안에도 꿈은 있었던 구직자

주변의 성화 때문에 마지못해 '진로취업컨설턴트'를 찾은 앳된 구직고객.
주민센터에서 취업프로그램에 참여해야 '참여 수당'을 준다기에 나온 듯싶다.
상담실에 들어서자마자 의자 깊숙이 허리를 묻고 책상다리를 한 채 발등에 걸친 슬리퍼를 흔들어 댄다. 컨설턴트는 잠시 고민한다.
"오~회장님 포스시네요. 그래요, 이 공간을 너무 의식하지 말고 편하게 이야기해 볼까요."
여러 말보다 꼬여있는 그의 마음을 풀어주는 것이 해답이다. 딴청은 피워도 대꾸는 한다.
구직고객의 진짜 생각과 마음을 같이 고민해보고 싶다는 말과 함께 일단 참여수당을 받기 위한 몇 가지를 일러주고 문자로도 보내준다. 2~3번은 더 나와야 하는 일정도 알려줬다. 그러나 2차, 3차 방문 날에도 그는 오지 않았다.(당연 전화연결도 되지 않았다.) 결국 4차 방문 일정 때 그는 "OO 선생님, 저 왔는데요."

라며 멀뚱한 모습으로 그 컨설턴트를 찾아왔다. 사실 2차 방문 때부터 나타나지 않은 그에게 컨설턴트는 문자 대신 목소리로 녹음을 남겼었다. "OO님도 분명 하고 싶은 일이 있고, 꿈도 있을 거 아니에요." 였다.
그는 할머니를 모시고 두 동생들을 보살펴야 하는 청소년 가장. 졸업하면 자신이 가족을 책임져야 하는 두려움과 버거움이 범벅된 이제 갓 20살 청년이란 것을 알았다. 웹툰을 곧잘 그렸던 그만의 꿈이 멀어질까 봐 간절해지는 타이밍이었다.

#2. 불안하고 불확실한 만큼 스스로에게 확신이 절실한 구직자

"면접관과 거리가 너무 멀어서 아이 컨택을 전혀 못했어요?"
"면접관이 예쁘고 말 잘하는 지원자에게 더 질문을 많이 했는데 저는 어렵겠죠?"
"지원동기를 물었을 때, 옆의 지원자는 어렸을 때 그 호텔의 좋은 점만 얘기했는데, 저는 어머님과 함께 방문했던 호텔 라운지에서 식사를 했을 때 저를 소중한 사람처럼 느끼게 해주는 서비스가 너무 좋아서 특급 호텔리어가 되고 싶어 지원했다."라고 했는데 제가 더 답변을 잘한 거 맞죠?"
전날 지원기업에서 면접을 마치고 난 구직자가 이튿날 방문해서 급히 쏟아낸 말들이다.
컨설턴트는 '미닝메이커'다. 왜 그 일을 하려고 하는지에 대한 자신만의 의미와 가치가 분명해야 한다. 그래야 지원동기가 명료해지고 무슨 노력을 어떻게, 왜 했고, 결과가 어땠는지, 자신만의 스토리와 이유가 탄탄해지기 때문이다. 구직자가 자신의 진로와 구체적인 지원 분야를 설정할 때는 특히 그렇다. 자신 없어 하는 그 지원자가 서류통과 후 면접코칭을 받으러 왔을 때 호텔리어가 되고 싶다는 그의 의지는 흐릿해 보였다.
컨설턴트는 물었다. 지원자가 호텔에 대한 가장 설레이고 좋은 감정을 가졌을 때, 그리고고객 접점 현장에서 가장 중요하게 생각하는 게 무엇일까라는 질문을 하면서 키워딩을 함께 도출했다. '고객이 자신의 소중함을 스스로 느끼게 해주는 서비스를 하고 싶다.'는 지원자로.

#3. 컨설턴트의 동의와 인정을 받고 자존감과 주도성을 회복하는 구직자

"잘했어요. 늘 생각은 하면서도 OO 씨처럼 그렇게 결정하고 행동하기 힘들 텐데, 대단하시네요."
그는 리하우스 컨셉의 '빈티지 인테리어 디자이너'로 일하고 싶어 현장 설계 일을 배우다가 작업 선배들의 부당한 갑질 때문에 일을 접고 알바로만 연명하던 구직자였다.
"○○님을 일부러 의식해서 괴롭히고, 그런 왕따 같은 거 아니래요. 안그래도 구인난인데… 당시 고층건물 현장이라 인사 사고나 민원 예방 때문에 민감했을 것입니다. ○○님을 괴롭히던 그런 분들은 거의 없습니다. 다시 시작해 봐요. 우리…." 그리고 구직자와 따뜻한 눈맞춤을 한다.
"○○ 씨, 더 간절해지지 않으셨어요?"
"○○ 씨의 관찰력과 3D 디자인 감을 보면 천상 그 일을 하셔야 할 분이에요."
"○○ 씨 정도의 실력이면 실내 디자인 계열 후배들에게도 충분히 멘토링해 줄 수 있는 실력이라던데요. 알아보니까…."
그로부터 일주일 뒤, 그 지원자가 중견기업 인테리어 설계부문의 채용연계형 인턴사원 공모에 나서보겠다고 한 것이다.

연말 구세군 자선냄비에 지폐 한 장 흔쾌히 적선하다가도 노상에서 누군가 불쑥 껌 한 통을 들이밀며 금전을 요구할 때는 머뭇거리고, 바가지 쓰는 느낌마저 들 때도 있다. 내 의사와는 무관하고 전혀 계획에 없었기 때문이다. 나로부터의 주도성과 의미가 없어서다. 살면서 있으나 마나 한 투명인간 취급받을 때 누구든 설자리를 고민한다. 사회적 동물로서 자존감이다. 그 자존감을 지키고자 동물들처럼 소리를 지르고 영역 표시를 위해 노상방뇨를 할 수는 없잖은가.

3

"정말 못 견딜 만큼 힘든 적이 있었나요?"

견딜 가치 & 다른 선택의 기회 가치

지난 연말 SNS에서 받아본 심쿵한 우스갯소리를 담은 메시지가 눈길을 끌었다.

"신은 버틸 수 있는 만큼의 시련을 주신다는데, 날 이만큼 강한 사람으로 보신 건지 묻고 싶다."는 문구. 빵 터질 새도 없이 애잔한 마음만 남는다.

우리를 힘들게 하는 것은 육체적인 것과 정신적인 것으로 나뉜다. 육체적인 고통은 받아들이는 사람의 생리적 내성 외에도 관점과 의지에 따라 정도의 차이는 있다고 한다. 여성은 출산의 고통이고, 남성은 군대에서의 훈련통일까? 이 고통이 처음인지, 그 아픔을 견디고 난 반대급부는 무엇인지, 내가 자처한 건지, 예상하지 못한 아픔이었는지 등에 따라 아픔을 받아들이고 감내하는 정도의 차이가 생긴다고 한다.

그러나 더 극명한 차이를 나타내는 것이 정신적인 고통이다. 정신적인 고통의 가장 큰 요인은 나 스스로 자각해서 불가피한 과정으로 감내하고 극복하고자 하는 데서 발생한 자의적인 고통과 남들로부터 받는 전혀 의도하지 못한 타의적인 고통으로 구분된다. 어떤 측면이든 정신적인 고통이 더 크고 오래간다는 통설이 있지만, 주된 요인은 사람과의 문제다.

'사람이 제일 무섭다.'라는 옛말이 지금까지 내려오듯 '사람을 조심해라.', '사람과의 관계가 제일 어렵다.'라는 말들은 감히 부정하기 어렵다.

가장 내 편이고 가장 든든한 울타리인 가족이 가장 부담스러운 존재가 되기도 하고, 세상 끝까지 가고 싶은 절친이나 소울메이트가 나를 힘들게 만들기도 한다. 존경의 대상인 스승이나 선배가 나에게 평생의 콤플렉스를 남기기도 한다. 이것들은 시간이 지나면 해소되기도 하고, 돌아올 수 없는 지경에 이르기도 한다.

직장인은 또 다르다. 흔히들 "회사나 비전 보고 들어왔다가 사람 때문에 퇴사한다."고 한다. 앞선 힘듦과는 결이 다르다. 그러나 공통점은 있다. 누군가에게 혹은 단 한 사람에게라도 이해받지 못했을 때 그 고통이나 어려움이 배가된다는 것이다.

#경력직 관리자 면접 현장

“살아오면서 정말 못 견딜 만큼(?) 힘들었던 일이 있었나요?”

면접관의 질문이다.

“○○와 ○○가 갈등이 심했는데 중간 입장에서 너무 힘들었습니다.”

“동료가 그만둬서 본인이 그 일까지 도맡게 됐는데 선배의 도움으로 무난하게 해낼 수 있었습니다.”

자화자찬으로 귀결되는데, 왠지 힘 있게 다가오지 않는다.

신규사업으로 정부 위탁사업 계획서를 지역별로 9곳을 한 번에 준비를 했어야 했다는 지원자. 운영상의 과부하를 우려해 절반 규모로 줄여 내실 있게 하자고 경영층에 제안했으나 수용되지 않았다.

어차피 9곳 모두를 신청해야 한다면 무조건 다 되어야 한다는 절박감으로 준비했었단다. 시간과의 싸움, 협업해 왔던 팀장들과의 갈등, 본부장의 이해되지 않는 경영행태 등 난감하고 버거운 시간의 연속이었단다. 도움을 청하고 싶은 임원은 예정된 일정이긴 했으나 해외 일정으로 자리를 비운 터였다. 눈시울이 붉어지나 싶더니… “죄송합니다.”라며 눈물을 보인다.

사람이 힘들어하는 것은 사랑을 받지 못해서도, 곁에서 도움을 주는 동료가 없어서도, 갑자기 삶이 허무해져서도 아니다. 어느 누구 한 사람에게라도 이해받지 못할 때가 아니겠는가.

이 지점에서 유념할 변수가 하나 더 있다.

'현상유지형 문제 대응'인지 '발전개선형 문제 대응'인지를 구분해 보아야 한다. '현상유지형' 문제는 기존의 관행과 시스템대로 따라가는 유형이라 수동적, 방어적일 수밖에 없고, 대응이 안되면 기본적인 시스템에 문제가 생기는 치명적인 상황이 된다.

반면 '발전개선형'은 선제적, 적극적이어서 주도성과 성취감을 가지며, 문제가 생겨도 가능성과 위험요인을 함께 보는 개선의 여지를 발견하게 된다. 문제해결 과정과 퍼포먼스가 당연히 월등하다.

위 사례의 지원자처럼 경영층에 내실운영을 위한 축소신청 제안과 9곳의 사업계획서를 어떻게든 마무리해 보려는 것도 당사자의 주도성과 정체성이 있었기 때문이다. 이런 강점은 갈등관리나 관계회복력에서도 큰 차이를 보이게 된다.

남에 대한 '자존심'보다 나에 대한 '자존감'이 먼저

언젠가 시청한 병원 드라마에서 잊혀지지 않은 대사.

"너, 나 아니었으면 그 환자 죽었어!"

"당신 뭐 하는 사람이야?"

"뭔 생각으로 일하는데?"

이 정도면 이해받는 건 고사하고 나의 존재감은 없는 거나 마찬가지다.

자신의 존재감은 '자존심'이 아닌 '자존감'에서 확인된다. 그것은 정체성과 주도성이다. 정확히 말하면 정체성에 기반한 주도성이다.

자신 있는 일이나 하고 싶은 일을 스스로 기획하고, 추진하고, 개선하고, 마무리해 보는 것. 이 과정에서 발생하는 시행착오, 두려움, 의심, 지적과 비난 등은 충분히 감수해야 한다. 수용하거나 정면 돌파해야 한다. 처음 단계의 정체성과 주도성을 잃지 않았다면 극복이 가능하다.

경영층에서 바라보는 목표 달성지점과 그 비전을 공유하고, 내 역할의 목적과 방향성을 잃지 않으면 과정상의 어려움과 변수들은 충분히 극복이 가능할 것이다. 중요한 것은 그 과정에서 자기 효능감과 성취감을 느껴야 한다는 점이다. 포텐까지 터지는 경우라면 최상이다.

조직의 인정과 포상까지 따르면 이게 진짜 '대박'이다. 조직의 인정과 포상 그 자체보다 자신의 역량과 전문성이 객관적으로 검증됐다는 것이 더 기념비적인 의미가 된다. 인정과 포상은 흘러가지만, 검증된 성취와 역량은 자신에게 자존감과 브랜드로 축적되기 때문이다.

조직 내 갈등관리는 자신이나 부서의 역할과 미션에 대한 비전과 목표의식이 선명하다면 다스려갈 수 있는 것이다. 유념할 것은 갈등 유발 요인이 업무수행 과정(의도했든, 의도하지 않았든)에서 불거지는 것인지, 감정과 반목으로 파생된 것인지는 분명히 자각할 필요는 있다.

후자의 경우라도 자신에 대한 정체성과 주도적 가치관이 분명하다면 소소한 질투나 견제는 일정 시간이 지나면 옅어지고 또한 스스로 통제해 갈 수 있는 내공과 근육이 생겨난다. 그럼에도 갈등이 더 깊어지는 관계라면 내려 놓아야 한다. 포기가 아니다. 포기는 내 의도로 시작된 것을 그만둘 때의 얘기다. 그런 부담을 과감하게 내려놓을 수 있는 결단력이 더 가치 있는 쪽에 에너지를 집중하는 반대급부의 유익한 경험을 제공할 것이다.

관리가 안되는 타의적인 악성 변수라면 자신에게는 부차적인 요소로 내려다볼 수 있는 여유와 힘도 붙는 것이다.

4

불합격 낙오자로 찍힐까 봐 취업할 생각 않는다

1+1=0은 실패(?), 결과 0보다 +1의 과정 보라

얼마 전 웹툰에서 나도 모르게 고개를 끄덕였던 말풍선이 기억난다. 주인공이 자신의 꿈을 쫓다가 사랑하는 사람과 의도치 않은 이별에 가슴 아파하는 주인공에게 그의 멘토가 하는 말이었다.

"어렸을 땐 빨리 앓고 빨리 나아. 하지만 나이가 들면 서서히 아파 오고 또 선명하게 고통을 느끼게 되지. 그렇기 때문에 나이가 들면 더 소심해지고 조심스러워지는 거야, 그래서 연애도 어렸을 적에 많이 하고, 아파해야 하는 거고."

대뜸 그 말에 공감은 하지만 가끔은 '정말 그럴까?'라는 의구심이 문득 고개를 쳐든다. 예나 지금이나 누구나 알 만한 대학, 선망하는 기업이나 기관, 쾌속 승진 등 성공 사다리 코스를 밟아온 엘리트들은 경력 후반기에 의외의 일탈이나 비상식적 처세로 고초를 겪는 경우가 많다.

'내가 누군데 감히', '내가 아니면 안 될 거다'라는 근자감 때문에 물의를 빚는 정치인이나 고위관료들은 일단 제쳐두더라도 우리 주변의 기성세대 또한 약해진 맷집과 흔들리는 가치관을 드러내고 있다.

30년 가까이 평생직장에서 명성과 경력을 쌓아왔건만 퇴직 후 자신의 자리를 못 찾는다. 금융업계에서 전무후무한 파생상품 기획과 판매 명장이 코인투자를 하더니 모든 것을 잃었다. 학원가에서 일타강사로 이름을 날리던 명강사가 코로나 이후 언텍트 강의에 적응을 못 하고 수업들을 내려놓고 있다. 누구나 알 만한 명망 있는 직장이나 비즈니스에서 자신의 길을 닦아오던 이가 갑자기 사표를 던지고 귀농하거나, 자전거 하나 들고 유럽 여행에 나섰다가 PCR 양성진단 후 국제미아가 되어버리기도 한다. 어떤 이는 시골에서 약초 재배나 특산물 개발, 유통에 투자했다가 어이없게 퇴직금을 날리는 경우도 보았다.

이 같은 사연들이 대다수인 것은 아니지만, 주변에서도 심심치 않게 볼 수 있는 자화상들이다. 무엇이 이들을 이렇게 내몰고 있을까. 앞서 웹툰 대사처럼 어렸을 때 많이 부딪치고, 아파하고, 또 그때그때 치유하면서 성장하지 않아서였을까.

그들은 남들이 인정하는 것이 아닌, 내가 인정하고 하고 싶은 분야, 늘 해왔던 방식보다 나만의 동기와 비전을 구체화하고자 하는 분야에서 온전히 내린 결단과 실행과정이 없었다. 남들이 올려다보는 출세적 성공 말고 나만의 멋진 도전과 성취 말이다. 주변의 의구심과 내 안의 유혹을 물리치고 끝까지 완수해 본 소중한 결과물들까지 스스로 쟁취해 가는 과정이 없었다고 본다.

물론 기성세대의 경쟁력은 우리나라 현대사의 전환기와 성장기를 함께하며 충분히 검증된 바 있으나 그때의 경쟁버전 10년과 지금의 각자도생 1년조차도 너무 다른 시간으로 흘러왔다. 기성세대의 선배들이 지금의 후배 청춘들을 위한답시고 또 어떤 걱정 코스프레를 하는 것은 아닌가?

"최저임금이 계속 오를 거니까 돈 필요할 때 알바만 하려고 한다."

"대학 나와서 중소기업, 지방기업은 안 가고 자기중심의 워라벨만 생각한다."

"불합격, 낙오자로 찍힐까 봐 아예 취업할 생각도 않는다."

1+1=0은 실패(?), 드러난 결과보다 +1의 과정 보라

지금 우리 청춘들이 힘들어하는 이유는 무엇일까? 각자의 시간들, 청년의 삶 전반을 진지하고 성의있게 돌아보질 못해서다. 취업,

결혼, 집 문제도 아득하지만 지금 당장의 삶이 힘든 것이다. 해보기도 전에 기회가 없고, 기회가 있어도 공정치 못하고 불합리한 것들 투성이다. 한마디로 계산이 안 선다.

1+1=2나 3이 아닌 0이 될 수도 있고 마이너스로 떨어질 수도 있다. 그렇다고 아예 안 하느니만 못하는 결과를 받은 것은 결코 아니다. 세상이 인정하는 결과만 보다가 내가 찾고 보듬어야 할 의미마저 외면해버리고 묻어버렸을 뿐이다. 어떤 결과든, 반응이든 찬찬히 되짚어 보라.

1+1에서 1의 상황과 특이점을 다시 한번 분석해 보고 자신이 투입한 +1의 과정과 내용수준을 살펴보아야 한다. 중요한 전제는 자신이 투입한 +1이든, +2든 그 역할이 자신이 지향하는 가치, 동기와 충분히 맞아야 한다는 것이다. 목적이 분명치 않고 짜증만 유발되는 것이라면 바로 손절하고 다른 일을 찾아보라. 그게 아니라면 자신이 수행한 역할과 능력이 무엇이었고, 그것들이 투입되고 작용하는 어떤 과정에서 성과가 부진했는지를 되짚어 보라. 소중한 성찰의 시간이고 성숙의 순간이다.

온 정신과 체력을 다해 최선을 다했어도 효과가 안 나올 수도 있다. 실패할 수도 있다. 일단 인정하라. 하는 족족 대박이 터지면 이미 인간계는 아니잖은가. 다만 실패라고 규정된 기준과 그 기준에 미흡한 내용이나 원인만 포착할 수 있다면 실패만큼 성공가능성도 확보한 셈이다. 정말 최선을 다하고도 실패를 감내하는 고독한 마음관리가 그래서 중요하다. 그래야만 포기하지 않고 더 집중할 수 있는 결단과 재생의 에너지가 솟기 마련이다.

아무리 좋은 향을 가진 차도 식어버리면 고유 향까지 사라지듯, 자기 스스로 비전과 의욕을 놓지 않아야 자신만의 강점과 에너지가 더 강하게 발휘되는 법이다. 그렇게 거듭하다 보면 그중에 일부의 반응이든, 효과든 나오기 마련이다. 확신한다.

사람이기 때문에 결과나 반응에 따라 일희일비하겠으나 한 만큼 결과가 안 나왔다고 해서 절대 포기하지 말라. 특히 자신에게 실망하지 말고 이렇게 속삭여 보자. 아주 강하고 은밀하게 "거기까진 잘했어. 그것도 너만의 성과야…. 그러니까 한 번 더 해보자. 더 잘할 수 있을 거야!"라고.

따라서 자기감정에 대한 선명한 인식과 결단이 필요하다. '알아차림'이라고도 한다. 이를 토대로 자신의 감정과 마음건강을 중심으로 외부자극을 받아들이고 온전히 느끼는 여유도 생기는 것이다.

결과의 가치나 완성도는 과정과 내용이 담보한다. 그 과정과 내용은 세간의 인식보다 자기중심의 결단과 끝까지 해보려는 지속성과 진정성으로 나타난다.

20세기 영향력 최고의 철학자 칼포퍼는 그래서 이런 명언을 남겼을까?

"개개인이 개인적 결단을 내릴 줄 알아야 진정한 열린사회다."

5

'진로취업컨설팅'은 가장 개인화된 '구독서비스'다

코칭+컨설팅 병행, 잠재 강점·의지 본인이 재발견하도록 해야

우리나라 고용서비스 종사자들은 1. 취업알선 능력 2. 고용정보 관리 및 활용능력 3. 직업상담 기술 및 직업상담 윤리를 가장 중요하게 인식하고 있는 것으로 나타났다.(한국고용정보원, 국내 공공·민간 직업소개 및 직업지도 업무 담당인력 1,346명 대상 필요역량별 중요도 인식 비교조사 결과, 2013.)

응답한 내용을 단순화하면 구직고객과 원활한 상호작용 및 상담기술을 통해 구인과 구직자에 대한 최적 매칭과 알선역할을 가장 우선한다는 것인데, 이는 '진로취업컨설턴트'로서도 가장 핵심적인 과업이다.

'진로취업컨설팅'은 구직자, 이·전직자 등 실제 고객과 직접 교류와 개별적 관계를 전제로 한다. 진로취업 프로그램에 따라 집단 상담이나 일 경험 프로그램도 있지만, 결국 구직고객 개인별 욕구와 상황에 따른 조력과 지원으로 이루어진다. 4차산업의 확장변동성과 함께 나노사회의 붐을 타고 이 같은 '진로취업컨설팅'도 더욱 개인화되어 구독경제 형태로 특화되어 진행되고 있다.

정부의 대표적인 취업지원 정책인 '국민취업지원제도'도 참여 구직자의 취업 의지와 능력, 지원분야 등 개인별 취업계획을 우선 요구하고 있다. 대학의 진로컨설팅이나 취업프로그램도 개인별 커리어 목표와 실행 안에 집중하고 있다. 진로와 취업, 경력개발과 관련한 개인화된 욕구와 필요성에 따른 전문화된 맞춤형 도움이 구독서비스 형태로 진화되어가고 있다는 의미다.

MZ세대에겐 호캉스가 쾌적하고 고급스런 호텔 숙식 부킹뿐만이 아니라 힐링의 컨셉과 아이템, 주변의 핫플레이스까지 제공해주는 개인화된 큐레이션 서비스에 더 가치를 두고 있는 것처럼 말이다.

'진로취업컨설팅' 도 구직고객의 '문제해결력'에 초점

공동체보다 개인의 가치와 카테고리가 더 우선시되는 1인 시대다. 그만큼 현대의 전문가 개념은 지식과 경험이 유통되는 시대에 문제해결력을 갖춘 사람이 더 힙한 셀러로 주목받고 있다. 비즈니스 개념이 돈을 버는 소득활동을 넘어 자신의 서비스에 대한 가치 부여로 전환되고, 궁극적으로 고객들의 문제해결력으로 각광받는 전문가로 재평가되는 시대인 것이다.

'진로취업컨설팅'도 이런 사회적 변화와 요구에 가장 민감하게 반응해야 하는 서비스다. 산업의 프레임 등 시대의 트랜드나 가치가 변화하고, 그 사이클이 빨라지는 시대로 접어들면서 각 개인들은 처음 겪는 직면한 문제나 어려움을 풀어가기 위해 검증된 전문가의 조력과 지원이 더욱 절실해지고 있다.

그렇다면 '진로취업컨설팅'은 컨설팅만 잘하면 가능한 역할일까? 또 그 컨설팅은 전문가로서 솔루션만 제공해 주면 되는 것인가? 구직고객의 고민과 문제해결, 목표달성을 위한 '코칭'이나 '카운슬링', '멘토링' 등과는 전혀 별개의 서비스일까? 아니면 병행할 수 있는 서비스일까?

'컨설팅', '코칭', '카운슬링', '멘토링', 이것들에 대한 개념과 진행방식부터 구분해서 살펴볼 필요가 있겠다. 고객과의 관계설정, 상담목표와 기대효과에서 유의미한 차이가 분명히 있다.

'컨설팅'은 목표달성과 문제해결을 위한 전문가 주도의 솔루션을 고객에게 제공하는 일련의 조사-분석-결론-제안-지원 등으로 이루어진다.

'코칭'은 코치를 받는 사람의 자각과 동기부여를 일깨우고, 자신의 행동변화를 통해 가시적 성과를 얻고 효능감까지 체감하도록 독려하고 촉진하는 것을 목적으로 한다.

'카운슬링'은 상담을 받은 사람이 현재의 고충이나 딜레마의 근본원인에 초점을 맞추고 내담자가 알고 있는 문제점의 인식을 바꾸어줌으로써 마음의 평정을 얻게 한다.

'멘토링'은 일의 경험과 지식이 풍부한 사람이 후임(사원)에게 전함으로써 그 사람의 경력개발이나 업무적응을 돕거나 지원한다.

표1 〈컨설팅, 코칭, 카운슬링, 멘토링의 구분〉

	컨설팅	코칭	카운슬링	멘토링
목적	문제해결	성취, 목표달성	마음치료	직무기초,직무수용
지원내용/방식	솔루션	자각, 자신감	인정, 정서관리	OJT
동기부여/에너지	문제중심 피드백 -문제직면,객관화 -분석, 개념화 -해결포인트/실행력	자기중심 피드포워딩 -자기주도성 -의사결정력 -잠재력&행동력	직면과 공감 -인식전환 -동행/함께 보기 -지지와 치유	자신과 직무매칭 -직무능력 향상 -커리어닻(Anchor)
기대효과	문제해결 개선, 업데이트	문제해결력, 프레임 전환	회복, 정상화	직무적응, 조직(문화) 적응
전문가의 상담특징	특정분야 전문가 중심	수평적·협력적 상호작용	과거지향적 성찰	멘토-멘티 수직 & 종속관계

컨설팅&코칭 콜라보 형태, 구직자 능력&가치관 함께 살펴야

위의 〈표1〉에서 보듯 '카운슬링'은 내담자의 행동과 심리유형 등 정신건강에 초점을 맞추는 유형이고, '멘토링'은 취업 후 또는 이·전직 후 직무역할 단위로 이루어진다. 결국 '진로취업컨설팅'은

'자기주도성'과 '성취동기'를 중요시하는 코칭과 병행해 가는 콜라보가 중요한 역량으로 꼽히고 있다.

진로취업분야의 '컨설팅'과 '코칭'을 구직자 유형별 특성에 따라 그 방식을 적용해 보기 위해 다음과 같이 구직고객의 정체성과 주도성에 따른 유형 분류와 유형별 속성들을 정리해 볼 수 있다.

표2 〈구직자의 진로설정 유형〉

구직자 정체성 ↑		
	① 현실추구형	③ 가치추구형
	② 가치추구형	④ 야망형

구직자 주도성·자존감 →

① **현실추구형**: 공무원/대기업 공채 우선.
기존 경력 중심의 승진, 이직방식 선호

② **현상유지형**: 취업 가능 업(직)종 중심.
현재의 역할과 위치에 안주하려는 유형

③ **가치추구형**: 자신의 비전과 일의 의미를
중심으로 하는 가치 중심의 일자리 지향

④ **야망형**: 자신 성향과 가치관보다는 기존
체제의 성공방식과 자존감을 중요시함

'컨설팅'은 내담자의 능력, 의지와 객관적인 취업기회 등 현실적인 가능성과 실행가능한솔루션과 대안을 찾아가는 방식으로 '현실

추구형'과 '야망형'에 적합한 반면, '코칭'은 미래 목표와 의미에 초점을 맞추어 구체적인 목표를 설정하고 행동력을 강화하는 데 중점을 두고 있기 때문에 '가치 추구형'과 '현상 유지형'에 최적화된 대안을 제공할 것이다.

구직고객 직무선정 단계의 관련 질문으로 '컨설팅'과 '코칭'을 좀 더 명확히 구분해 보자. 탐색질문이라는 사례 적용을 통해 활용해 보면 좀 더 이해와 활용이 수월할 것이다.

컨설팅 질문이라면,

'지원한 직무와 관련, 가장 특별하고 인정받았던 결과물은 무엇인가?'

'자신만의 차별화되는 능력(기술)은 무엇이고, 어떤 실적을 통해 그것들을 알 수 있나?'

'자신이 목표를 달성할 수 있다는 근거와 이유는 무엇인가?'

코칭 질문이라면,

'내담자가 그 직무(역할)을 맡고 싶은 이유는 무엇인가? 어떤 의미(가치)가 있나?'

'5년(10년) 후 자신의 모습(위치)은 어떤 모습(위치)일 것인가? 또는 어떤 역할을 하고 있을까?'

'업무(학업) 외에 꾸준히 몰입하고 있는 분야는 무엇인가?'

이 같은 질문과 반응, 후속 질문과 능동적 자각, 실행과 지지로 선순환되기 위해서 '진로취업컨설팅'과 '코칭'이 시의적절하게 병행되어야 한다. 그리고 상담고객에 집중하는 일관성과 지속성이 유지되어야 가능하다.

구직고객과 컨설턴트가 일회성 서비스가 아닌, 구독형태인 장기적인 서비스 파트너로 자리매김해야 하는 이유이기도 하다. 손뼉은 양손이 마주 부딪쳐야 하듯 말이다.

'진로취업컨설턴트'가 고객과의 상호작용과 수요기반의 지속적인 서비스를 제공해야만 구직고객은 자신을 오픈하고 컨설턴트를 신뢰할 것이다. 그래야 컨설턴트도 구직고객의 성공적인 취업이나 이·전직 컨설팅이 가능해지는 프로세스가 구축될 것이다.

CHAPTER 03

관계마케팅

'진로취업컨설팅'은 관계지향적 마케팅이다

1

팀장은 무엇으로 사는가

그 일 하는 이유에 집착해야 비즈니스 근육 키운다

조직의 허리, 미드필더, 소통의 중간자, 노조원과 회사 경영층의 회색지대 인간들. 성과 창출의 핵심이면서 지원자, 선수에서 코치로 승격되지만 플레잉코치로서의 역할이 더 무거워지는 자리. 그래서 향후 조직의 핵심리더로 갈지, 변방으로 밀려날지 갈림길에 선 중간자.

대기업에는 팀장이 부장, 이사급도 있지만, 구성원이 1명도 없는 나홀로 팀장도 있다. 그래서 팀장은 조직 내 관리자의 대명사로 쓰이기도 한다. 하여튼 어려운 자리다.

관리자가 된다는 것은 권한과 책임을 포함한 업무영역의 확장보다 업무대응과 처리의 수준이 달라져야 함을 의미한다. 팀의 방향성과 조직 내 존재감을 책임지기 때문이다. 생각과 고민의 질도 확연히 달라진다. 관리자는 팀이나 부서의 실무 처리의 기준과 최종 대응 및 책임을 지는 자리다.

기술자가 아닌 관리자여서 조직원들로부터의 미움과 원성을 마다하지 않을 용기도 있어야 한다. 외롭고 힘들다. 오죽했으면 헤드헌팅업계에서도 '훌륭한 팀장 하나, 열 임원 부럽지 않다.' 했을까.

동료나 부하직원을 전략적으로 옹호해 주는 팀장은 봤어도 관리자나 상사를 찰나의 진심으로라도 띄워주는 구성원을 보기는 힘들다. 자신의 부족함과 상대의 강점을 인정해 주는 여유와 배려가 그래서 절실해진다. 팀장으로 올라서는 순간부터 말이다.

더 확실한 방법은 자기 위치와 입지는 스스로 만들어가야 한다. 팀원은 자신의 역할 중심이지만, 팀장은 팀원과 팀의 융합과 연결을 토대로 성과를 내야 하는 역할이다.

팀원은 자신이 하는 일에 대해 상사로부터 인정받고 싶어 한다. 이들이 팀장의 목표를 팀의 목표로 인식하도록 하기 위해서는 팀장의 비전과 소통, 리더십이 팀원 맞춤형으로 발휘되어야 한다. 팀원의 역할, 임무의 중요성과 의미를 포지셔닝해 주고 팀과 동반성장을 위한 동기부여와 결과를 공유해 주어야 한다. 진로취업컨설턴트 1명의 마음가짐과 역할 비중이 큰 컨설팅 조직에서 팀장의 리더십 역량과 인간적인 덕목은 해당사업의 존폐를 결정짓기도 한다.

진로취업컨설턴트는 현재의 역할과 미래에 대한 구체적인 비전을 갖고 노력하는 팀장과 일할 때 진로취업컨설팅에 대한 자부심을 유지해 가기 때문이다.

따라서 팀장 본인이 체급을 올리고 내성과 내공을 키워야 한다. 전혀 급이 다른 나만의 시그니처 실적도 필요하지만, 주변과 구성원들에 대한 알아차림과 마음챙김은 그래서 더 중요하다. 팀장으로서 실적과 평판을 모두 의식해야 한다는 뜻이다. 회사의 달라진 대우는 자연스럽게 따라올 것이다. 더 큰 성과는 팀장으로서의 일 근육과 비즈니스 감각이 달라짐을 느낄 수 있다는 것이다. 때문에 갑자기 너무 힘들다고 주저 앉거나 울먹여서는 끝장이다.

 # 고용노동부 위탁사업 선정을 위한 우리 회사 강남센터의 운영기관 선정 PT 현장

재작년 정부 지원사업 예산사용 심의를 위한 감사에서 '경고'를 받는 바람에 1년간 사후관리만 하다가 절치부심해서 만 1년 만에 다시 사업자 선정에 나서게 된 중요한 일전이다. PT는 강남센터의 팀장인 센터장이 나섰다. 10분간의 PT에 지난 2년과 향후 센터의 미래까지 달렸다. 올해 재선정이 안되면 그 센터는 접어야 한다. 구성원도 전환 배치되거나 고용계약 종료로 제 갈 길을 가야 한다.

심사위원장의 시작 시그널이 떨어졌다. 발표자의 소개 멘트에서부터 센터장의 떨림이 전해진다. 살짝 불안해진다. 기관과 소속 구성원들은 이 사업의 가치와 미션을 너무도 잘 알고 있고, 사업을 해오면서 차오르는 자부심과 소명의식을 잃지 않으려 했다는 시작멘트도 할지 말지 어지간히 고민했단다. 그리고 지난해 경고를 받게 된 불가피성에 대한 억울함과 해당 센터 관리자로서의 뼈아픈 반성과 짙은 참회의 메시지도 잃지 않았다. 이후 센터가 어떻게 개선하고 보완해 갔는지에 대한 내용들이 이어졌다.

다소 멘트가 빨라지나 싶었다. 그런데 무엇이 바뀌었고 나아졌는지보다 환골탈태하려 어떻게 애를 쓰고, 서로가 부닥치고 인내해온 이야기들을 드러내면서 발표속도가 조금씩 느려졌다. 그리고 내용이 또렷하게 박히기 시작했다.

해당사업의 구성원은 진로취업컨설팅 업무가 대부분인 컨설턴트들이라 워낙 자존감과 개성이 뚜렷한데다 절반 이상의 컨설턴트가 외부(지사나 센터)에서 근무하다 보니 자체적인 관리체계나 조직문화를 구축하는 것이 가장 큰 역점이고 기반 요소다.

마지막 3분 정도 남은 상황. 올해 재선정이 되기 위해 업그레이드된 면모를 보여줄 타이밍이다. 센터장은 마지막 3분에 승부를 걸겠다 했다. 지난해 이맘때 우리 센터가 맥없이 무너져버릴 수밖에 없었던 안팎의 상황과 미흡했던 부분을 어떻게 집중 보완해 왔고,

지표엔 부각되지 않은 우리 센터의 강점을 개인별 보강 학습과 팀(센터) 협업시스템으로 새롭게 구축해 왔던 시간들이었음을 반추했다.

한 단어, 한 문장씩 꾹꾹 눌러 담듯 멘트를 이어가더니 갑자기 중단했다. 느닷없는 침묵은 어색했다. 불안하게 느껴질 정도의 침묵의 시간이 더 흘렀다. 심사위원 7명의 분위기는 묘했다. 거부감은 분명 아닌 듯한데, '이건 뭐지!'라는 생소한 진정성이었을까. 시작 멘트 때 살짝 떨었던 센터장은 심호흡 후, 작정하듯 다음 워딩을 천천히 시작했다. 마치 곡예하는 스토리텔러처럼.

그동안 구성원들을 다독이고 일갈하면서 보듬어왔던 시간부터 1년간 일관되게 지켜왔던 약속들과 증명된 그 변화의 결과들을 단 3문장으로 마무리했다.

'우리는 그 사업을 간절히 지속하고 싶고, 평가에 대한 억울함을 기대감으로 바꾸고 싶고, 연내에 그 기대감을 현실로 증명해서 민간위탁의 새로운 모델을 이 자리에서 다시 보여드리고 싶다'고.

"힘들다, 어렵다 말고 감내할 의지 있는지 먼저 자문해 보라"

언젠가 다른 센터의 신임 센터장과 이런 얘기를 나누었다. 컨설턴트들과의 관계나 동기부여가 어렵다고 했다.

"힘들다고 버거워하지 말고 감내할 마음과 의지가 먼저 있는지 자문해 보라고 했다. (나도 그랬던가 싶지만) 감내하고자 한다면 그 힘은 어디에서 나오는지도 말이다.”

직원들에게 제대로 쓴소리하고도 관계가 나빠지지 않을 것이라는 자신감은 진정성과 절박한 의지가 동반되어야 한다.

강남센터장은 억울한 귀양살이 대신 명예회복이 간절했을 것이고, 4명의 컨설턴트 팀원들의 생사여탈이 달려있어 PT발표가 자신에게는 우주의 운명을 짊어진 듯한 멍에 같았을 것이다. 팀의 운명과 회사의 명예회복이 달린 심사 현장에서 단기필마로 뛰어든 팀장은 무엇으로 버틸 수 있었을까? 아니 해낼 수 있었을까?

심사장을 나서면서 센터장에게 물었다. PT 마무리를 앞두고 그 '침묵'은 의도된 것이었는지.

공포의 터널을 갓 빠져나온 듯한 표정이었던 센터장이 해맑게 답한다.

“실장님, 한때 제 꿈이 개그맨이었어요. 개그맨은 웃음도 주지만 감동을 줄 수 있어야 하거든요.”

평직원 시절엔 글을 잘 쓰고, 관리자가 되면 말을 잘해야 한다. 평직원 때는 서류보고를 많이 하기도 하지만, 조직 내 소통에서 오류를 줄이기 위해 글로 써본 다음에 워딩을 하라는 뜻이고, 팀장은 팀원들의 일과 성과를 유지하기 위해 말을 잘해야 화합과 소통이 원활해지기 때문이다.

2

버르장머리 없는 고객

"우리 매니저에게 똑디 사과하시고 조용히 나가주실랍니까?"

YS정권 시절, 일본의 도발적 망언이 극에 달했을 때 일본에 대한 YS의 "버르장머리를 고쳐놓겠다."는 발언이 구설에 올랐던 적이 있었다. 당시 외교적 분쟁까지 우려하는 예의바른(?) 언론의 유난도 있었지만, 격앙된 국민감정을 누그러뜨리는 데 그만한 약발은 없었던 것 같다.

시내 모 패밀리레스토랑. 가족 단위의 손님이 많아 간혹 공공장소에서 아이들이 뛰어다니며 소란을 피워 다른 손님들이 불편해하자 레스토랑 대표는 안내문을 내걸었다.

"식당 홀에서 동반한 어린이들이 뛰어다니거나 소란을 피우면 그 가족들까지 정중히 밖으로 모시겠습니다."

물론 득달같이 가족 단위의 손님들은 불편한 반응들을 쏟아냈고, 손주를 앞세운 세련된 할머니와 일부 가족분들의 거센 항의가 이어졌다.

홀 안의 다른 손님들은 물론 문밖 대기석에서 기다리던 손님들까지 발길을 돌리지 않을 지, SNS를 통한 불매운동까지 벌어질 분위기였지만, 이후 상황이 꼭 그렇게 가진 않았다. 그다음 주말부터는 아이들을 동반하지 않는 부부, 친구, 연인들로 채워지고 있었다. 가족, 단체모임 중심의 대형 레스토랑으로 인식해 그동안 식당을 찾지 않았던 잠재고객들이 더욱 몰려들었던 것이다.

코로나19가 3년 차를 지나면서 완연하게 일상을 회복해 가고 있다. 거리두기가 엄격했던 지난해, 한 편의점에서 음식을 구입한 뒤 바로 그 자리에서 먹고 있던 손님에게 내부에서의 음식섭취는 안 된다고 안내한 편의점 직원에게 그 손님은 먹던 음식을 집어던지는 행패를 부렸단다.

그 버르장머리 없는 손님의 정서 상태나 속마음은 무엇이었을까?

'배고파서 편의점에서 간단히 먹고 싶었는데, 그걸 못 먹게 하나?'

'고작 편의점 알바나 하는 주제에 감히 내 먹거리를 제지하고 참견을 하나?'

그 어떤 배경에서든 그 손님은 평소 인정을 받거나 존중을 받아 보지 못한 사람이었으리라.

학창시절 갈비요리 전문 식당('○○회관'이었던 것 같다.)에서 알바를 하던 때다. 그 식당은 홀과 룸이 분리된 대형 식당이었다. 당시 룸 서빙 여직원과 손님이 크게 다툰 일이 있었다. 나중에는 룸 서빙 여직원이 항의하는 손님에게 치욕스런 육두문자까지 들으며 일방적으로 혼나고 있던 상황이었다. 갈비 요리를 수십 인분 주문했던 단체팀이었는데, 그날 좋은 일이 있었던 손님에게 누군가 홀 서빙 누님에게 술 한 잔 따라보라는 요구를 했던 것.

홀 서빙 여직원은 당시 룸서비스 파트장이었지만, 홀 관리와 일 처리가 똑부러져서 홀 운영을 실질적으로 주관해 오던 매니저급이었다.(당시 우리들은 홀 부장님이라 불렀다.)그 파트장님은 당혹스럽다 못해 거의 무너져내린 얼굴이었다.

급히 들어선 우리 사장님. 이미 대충상황은 전해 듣고 오셨을 터.

"오구 오구 우리 김 부회장님!, 최 감사님도 오랜만이네요. 오랜만에 걸음하셨는데, 이를 우짭니까?

단체팀의 주빈인 듯한 분이 뒤춤에서 손수건을 꺼내 입을 닦으면서 사장님 앞으로 나선다.

"단골 손님들을 이리 막 대하믄 쓰나. 박 사장도 형편이 피어 배가 부른건가, 아님 사람교육을 어째 이따위로밖에 못하는가?"

"네. 그러게요. 부회장님. 그래서 말인데요. 우리 김 매니저에게 똑디 사과하시고 조용히 나가 주실랍니까? 여기 CCTV나 직원들 눈이 옛날 시대가 아닙니더. 우리 김 매니저가 이 홀의 책임자입니더. 긍께 음식값은 안 받을랍니다. 대신 김 매니저한테 확실하게 사과하시고 자리 끝내주셔야지예?"

불편한 '바른 소리'로 관계의 진정성 확인

인정을 받고 존중을 받는 사람은 어느 누구를 폄하하거나 함부로 막 대하지 않는다. 더구나 자기 자신에 대해서도 자존감과 믿음을 굳건히 다져간다. 스스로 소중한 사람이 되기 위해서다.

모두를 만족시킬 수 없고, 누구에게나 환영받을 수 없는 것은 비즈니스 세계에서도 명확해진다. 철저히 세분화되고 정교하게 고객층이 타겟팅되어야 하기 때문이다. 타게팅되지 않은 고객은 포기하는 건 아니지만 전체를 아우르는 '전가의 보도' 같은 해법은 없다. 또 좁혀진 고객들에게도 무결점 서비스는 불가하다. 다만 진정성과 일관성이다.

최고의 고객 서비스를 위해서는 진상 고객(블랙컨슈머)은 철저히 가려내고 매뉴얼에 따라 처리해야 한다. 버르장머리 없는 고객일수록 바른 소리로 당당하게 대응해야 한다. 그래야 나서지 않은 다수의 고객들에게 보편타당한 지지와 암묵적 믿음을 튼실히 쌓을 수 있고, 진상 고객을 제대로 대응하고 처리하면서 그들의 진짜 욕구를 파악하게 된다.

구직자 상담에서도 개별 이슈에 대한 대응 과정에서 꼭 해내야만 하는 일, 포기해야 할 부분은 스스로 판단하도록 해야 한다. 그리고 끝까지 제대로 해내는 것이 중요할 뿐, 주변 누군가의 평가와 인식에 구애받을 필요는 없다. 자신에게 충실했고, 자신만의 판단과 의지로 끝까지 해냈으면 그만이다. 모두에게 완벽한 사람으로 기억될 필요도 없다.

정말 친한 친구에게는 "이래서 서운했다.", "그 말이 너무 불편했다."라고 분명히 얘기해 주어야 하고, 아끼는 후배에게도 따끔한 질책과 더불어 미흡한 부분을 정확히 짚어주는 악역도 자처하고, 눈에 넣어도 아프지 않을 자식들에게도 무조건 이해하고 넘어가기보다는 아픈 지적과 불편하게 느껴지는 당부도 해야 한다.

당장 바쁘고 경황이 없다고 넉넉한 용돈을 쥐어주면서 나중에 다시 얘기하자며 자리를 뜨기 전에 아들의 눈을 자세히 보고 온전히 들어보려 하라. 그것이 진정하고 부지런한 마음 씀씀이다.

진로 결정과 취업 여부가 갈리는 중요한 시기와 갈림길에 있는데, 필요한 결단보다 관행대로 가려는 사람, 생소하고 부담되는 도

전보다 무난한 도피만 생각하는 구직자, 중요한 제안에도 결정을 포기하거나 그때 가서 생각해보겠다는 구직고객에게 이 같은 당부와 직면은 '필요 악'이 아닌 '필요 선'이다.

3

"도대체 어떻게 견뎌 온 거니?"

'길이 아니면 가지를 말고, 말이 아니면 듣지 말라'

"나 아니었으면 넌 이미 끝났어."

"아~됐고, 일이나 잘해라."

"아~짜증 나, 쟤 뭐래니?"

"어디를 가든 중간만 해도 돼."

"고작 이거 하느라 지금까지 그랬던 거니?"

안 그래도 힘들어 죽겠는데 너까지 이럴래. 너만 힘드냐. 나도 힘들어 버전이다.

나의 고민과 표현들이 아무 가치 없이 증발해 버리고 입 닫게 되는 순간이다.

"존경하는 국민 여러분!"

"예산도 인력도 부족한 상황이라…."

"여기 사장(책임자) 나오라고 해."

'유빽유직 무빽무직', '내로남불.'

"그게 얼마나 한다고 그 유난이야?"

일반인과는 전혀 다른, 나아가 전혀 같은 취급을 받고 싶지 않은 최상의 인간계에 살고 있는 듯한, 이 세상 외부자들 버전의 듣기 싫은 말들이다.

"우리 개는 안 물어요."

"네가 하는 일이 그렇지."

"하나를 보면 열을 안다고 안 봐도 훤하다."

"요즘 직장(군대, 학교) 좋아졌네."

"돈도 실력이다. 니네 부모를 원망해라."

세상 골백번 뒤집혀도 당신 시절의 좁은 경험치로 우주 끝까지 밀고 가려는 절망스러운 이들. 나 아닌 다른 이의 아픔 근처에도 가보지 않으려는 버전으로 듣기 싫은 말들이다.

'길이 아니면 가지를 말고, 말이 아니면 듣지 말라' 했다.

당대의 주역들은 길이 아니면 만들어가고, 말이 아니면 말을 섞지 말고, 예전처럼 '거리두기'를 하는 방식으로 버전 업해야 할 것 같다.

그 누구보다 '나부터, 나 먼저' 내 몸과 마음을 살피고 챙겨가야 할 때다. 그래야 과거나 미래의 나보다 지금의 나에게 집중할 수 있고, 옳고 그름과 나아갈 때와 물러설 때를 제대로 파악하고, 함께 의기투합해서 갈 때와 혼자의 힘으로 승부 걸 때를 헤아려 볼 수 있을 것이다.

어릴 적 집 앞 행길에서 넘어오는 소리들이(그 소리의 모습들을) 보고 싶다.

소독차 지나가는 소리, 소방차의 요란한 사이렌 소리, 향두잡이와 상여꾼들의 상여소리들. 그 소리들에 화들짝 뛰쳐나가곤 했었는데, 지금 나는 무슨 소리에 그런 반가움과 설렘, 심지어 기대 가득한 흥분을 소환할 수 있을까. 세상 듣기 좋은 말, 소리들 말이다.

세상 듣기 좋은 말과 소리, 사람 거듭나게 할 힘

회사 일이나 학업으로 힘들어하는 이들이 많다. 과도하게 일시적으로 업무가 몰리거나 장시간 열일, 열공에 들어가다 보면 그럴 때가 온다. 물리적으로 집중의 한계가 오고 마음이 흔들리는 시기가 온다. 초심과 진정성으로 복기하면서 극복해 갈 수는 있다. 하지만 더 심각한 변수는 인간관계에서 비롯된 반목과 갈등이다. 그 변수가 일의 향방이나 성과를 변질시키기도 하고, 그 자체가 수행자의 동력을 떨어뜨리기도 한다. 그로 인해 일의 진행과 성과에도 악영향을 미치거나 조직 내에 상당한 충격파를 몰고 오기도 한다.

지금 당장 버겁고, 앞날이 아득하고 막연해질 때 정말 구원의 한마디, 멘탈을 바꾸는 말들은 자신의 내성과 의지를 강하게 업뎃하게 한다. 드라마야 뭐 갈등이 있고, 오해가 쌓여도 꼭 그중에 메신저나 특사역할을 하는 이가 오해와 반목을 풀어주고, 극적인 화해무드가 터지면서 반전을 맞곤 한다.

그런데 우리의 일상은 그렇지 않다. 되레 더 깊어지고 곪아서 서로를 받아들이고 소통하기보다는 서로 다가가기 싫은 고슴도치가 되고, 섬 같은 존재가 되어버리곤 한다.

호언장담했던 프로젝트일수록 동료의 훈수가 간절해질 때, 궁지에 몰릴수록 "그럴 수 있어!"라며 툭툭 털어주는 선배가 그리울 때, 절망스러운 날, 술 한 잔에 쓰디쓴 미소를 애써 지어 보이지만 차라리 울라며 잔을 채워주던 친구가 보고 싶을 때 정말 이런 말들이 나에게 나지막이 들려온다면….

"힘들었겠다. 도대체 어떻게 견뎌 왔니?"

"너니까 가능했던 거야!"

"네가 없어 보여 주는 거 아냐. 내 마음이다 친구야!"

"아빠는 내가 존경하고 인정해. 그래서 늘 믿어."

"야, 무슨 일 있어서 전화하냐. 그냥 궁금해서 한 거야! 보고 싶기도 하고."

4

"사람 관계 때문에 마음고생했던 적 없었나요?"

사람을 통해, 사람과 함께 풀어가는 문제해결력

경력사원 면접장에서 인성과 가치관 등을 알아보고자 일관되게 질문하는 것이 있다.

"살아오면서 사람 관계로 힘든 적, 또는 극한 갈등까지 겪어본 적이 있는가?"이다.

놀랍게도 열에 일곱여덟 명은 그렇게 주변사람들과 갈등을 겪거나 대립해 본 적이 없다고 한다.

더 넓혀본다. '꼭 선배나 직장상사, 동료 말고 가족이나 친구 사이에도 없었는지' 재차 질문해 본다. 역시 사람과의 관계가 원만하고, 크게 다툰 일 없이 자신이 먼저 이해하고, 감정다툼까지 가는 일이 없도록 자신이 먼저 잘 처신한다는 답변이 돌아온다. 또는 조심스레 있다고 얘기하는 지원자도 사람과의 갈등이 아닌, 갑작스런

위기나 힘든 상황에서 자신이 슬기롭게 잘 타개했다는 준비된 위기극복형 버전으로 맺음한다.

아니다. 이 질문은 그 사람의 인간성과 대인관계를 묻는 게 아니다. 누구나 살아오면서 주변인을 비롯한 타인들부터 가까운 친구, 애인, 가족들에 이르기까지 갈등과 대립상황에 처할 수 있다. 그런 상황에서 자신이 어떤 고민과 행동을 취하고, 어떻게 타개해 나갔는지 그 이야기를 듣고 싶은 것이다. 아직까지도 불편한 사이인지, 또는 화해나 반목의 심화도 아닌 채 그냥 잊혀져 갔는지, 어떤 경우든 자신이 왜 그렇게 행동했고, 어떤 아픔과 위기가 있었고, 어떻게 갈등관리를 해왔는지 그들만의 리얼스토리가 궁금한 것이다.

누구나 실수할 수 있고, 어떤 경우든 오해와 왜곡이 섞여 싸울 수도 있고, 그냥 아무 이유 없이 불편한 사람이 있을 수 있다. 그게 사람이고 살아가는 세상이다. 그래서 누가 어떻게, 왜 그랬는지, 얼마나 고민하고 부대끼며 지내왔는지 그것이 알고 싶을 뿐이다.

한 지원자가 답했다.

예전에 근무하던 회사에서 '가족과 함께하는 시간을 되찾자'라는 의미에서 아버지에게 보내는 편지를 써 드리고 함께 데이트하는 인증샷을 제출하라는 반강제적인(?) 미션이 회사 차원에서 내려왔단다. 그래서 처음으로 아버지만을 떠올리며 펜을 들었단다. 그냥 아버지에게 메모를 건네듯이 편지를 써 내려가는데, 뭔가 불편해지더니 갑자기 먹먹해지더란다.

잠깐 침묵이 흘렀다. 후속 질문은 하지 않았다. 지원자의 눈시울이 붉어진다. 잠시 시간적 여유를 주었다. 다행히 지원자가 감정을 추스르고 이야기를 이어간다.

아버지에게 편지를 건네고 방에 들어갔는데, 얼마간의 시간이 흐른 뒤 어머니가 들어와서 아버지한테 뭘 드린 거냐고 묻더란다. 아버지는 '우리 딸이 나를 이렇게 생각해 주는 구나. 나를 그렇게 봐주었구나!'라는 생각에 처음엔 웃더니 속울음을 삼키다 못해 어깨를 들썩이며 눈물을 쏟았단다.

면접장인데 감정이 복받친 지원자에게 배려의 시간을 주었지만, 그 순간에 필자도 시큰해지고 말았다. 그 순간만큼은 지원자는 자신과 진정으로 통한 순간이었을 터.

면접도 상호작용이고 교감이 되어야 한다. 지원자의 표정, 생생한 워딩과 스토리가 중심이 된다.

자기중심의 개별화된 사회를 나노사회라고 한다. 다른 사람의 개입이나 주변의 통제에서 자유롭고 싶은 방어적 기제도 있겠지만, 온전히 자신을 우선하며 집중하고 싶은 욕구일 것이다. 그러나 인간은 그 이상의 욕구도 분명히 존재한다. 존재감과 인정 욕구다. 이는 사람들 속에 있어야 한다. 서로 인정하고 협업하면서 자신의 존재감과 호혜적인 사회성을 쌓아가는 것이다. 이 두 가지가 서로 어울리지 못하면서 갈등과 반목이 깊어지고 대인 기피증까지 나타나기도 한다.

기업 HR부문도 이에 대한 대응이 정교해지고 있다.

채용단계에서는 기본적인 스펙과 역량도 보지만, 무엇보다 조직사회의 적응을 위한 대인관계력이나 소통 능력을 검증하는 데 집중한다. 물론 인성에 기반해서다. AI기반 인성면접, 블라인드 면접, 심층 상황면접 등이 그런 배경에서 활발해지고 있다.

경영 측면에서는 직원들의 경험관리 경영이 부각되고 있다. 성공이든 실패든 직원들이 경험한 소소한 업무처리부터 부서의 존폐를 가르는 중요한 문제해결까지 이들의 정서와 교감, 역량에 기반한 프로세스와 스토리 기반 데이터는 대체불가한 강력한 조직역량으로 발전하기 때문이다.

4차산업의 광폭 혁명이 직업의 고유성, 전문성을 불문하고 기존의 일자리를 위협하고 있다. 이런 거대한 변화는 기존의 일거리와 역할들을 대체하거나 제약할 것이다. 여기에 잠식되지 않고 꿋꿋이 생존하고 더 확실한 비교우위를 보이는 것은 고유성과 진정성이다. 그리고 통찰력이 뒤따라야 한다. 대체불가한 나만의 스토리 축적으로 필살기를 찾고, 나만의 원픽 비즈니스를 발굴하고 고도화해 가야 한다. 이 과정에서 사람들과 협업하고 불거지는 갈등을 해소해 가거나 문제를 해결해 가면서 축적되는 일 경험은 자신만의 내공으로 다져진다.

문제에 봉착하고 힘들어진 상황도 사람과의 문제에서 파생되는 것들이 많다. 이를 불가항력의 상수로 보지 않고 타개할 수 있는 변수로 보도록 발상을 전환해 보아야 한다. 거대한 벽처럼 암울하게 느껴진 상황에서도 사람을 통해, 사람과 함께 풀어가면서 문제 해결에 접근해 가는 경험을 쌓아갈 수 있는 것이다.

그러기 위해서는 그 누구도 아닌 '나', 그 언제도 아닌 바로 '지금'에 집중하는 습관이 자리해야 한다. 내 생각과 행동에 대한 객관적인 자기관리도 필요하지만, 자신의 가치관과 주관을 명확히 하고 스스로에 대한 자존감이 유지되도록 스스로 '마음챙김'해 보자. 나를 챙기는 것은 생각이 아닌 '행동'과 '성찰'의 무한반복이다.

어제와 일주일, 한 달 전과 똑같은 생각과 행동을 하면서 내일이, 1년 뒤, 미래가 바뀌기를 바라는 것을 자신 스스로 이해할 수 있겠는가?

5

"○○쌤, 저한테 왜 그러셨어요? 그때 '뼈 때리는 말'요"

자신의 가치 체감, 행동으로 지속되어야 진짜 변화

"○○샘, 찐 감사합니당♥. 저 ○○에서 입사통보 받았어요."

"○○상담사님, 그때 저한테 왜 그러셨어요. 완전 뼈 때리는 말을 해서 욕 나올 뻔했잖아요."

가슴 철렁! 근데 목소리는 밝다?

"근데, 틀린 얘기도 아니더라고요. 한번 해볼 만하다는 생각도 들었어요. 지원금도 준다면서요. 저한테 쓴소리해 주시고 미안해 하시던 거 알아요. 저 많이 도와주세요. 쌤!"

'Feel so good'도 좋지만 'Self-Innovation'에 대한 자극과 동기를 받도록 해주는 것이 '진로취업컨설팅'의 핵심 미션이다.

구인정보나 입사지원 단계에서 조력이나 도움을 청하는 이들도 있지만, 취업이나 이·전직을 앞두고 불안감, 무력감, 심지어는 열패감에 짓눌린 구직고객들도 많다.

구직자에게 어느 순간 현타를 극복하기 위해 냉철한 자기 직시와 대응을 주문하는 과정에서 이른바 '뼈 때리는 소리'도 해야 한다. 구직자나 이·전직자가 낙담하고 상처를 받을 수도 있다. 감정불구자 같다는 고객 불만을 받을 수도 있다. 이 과정이 구직자에게 상처가 될지, 자극이 될지, 불편함을 느낄지, 변화의 계기로 삼을지는 구직고객의 마음이다. 이때 진로취업컨설턴트가 놓치지 말아야 할 미션은 구직고객에게 불편한 자극이 결국 행동으로 유발되는 자기 변화라는 모멘텀을 맞도록 진심과 그 방향성을 일관되게 유지해야 한다. 열정보다는 순수한 동행자로서, 무난한 상담보다는 터닝포인트를 갖게 해주는 동반자로서 분명한 직언과 솔루션을 맞춤 지원해 주어야 하기 때문이다.

'진로취업컨설팅'을 받고 나서 좋은 감정을 공유해 주고, '감사'하다는 화답의 키워드로 지난 일에 대한 유쾌한 감정을 표한다는 건, 그만큼 컨설팅의 모든 과정이 마냥 쉬웠다기보다 불편하고 힘든 상황도 있었을 것이다. 바꿔 말하면 그만큼 구직고객의 입장에서는 적잖은 변화와 어려운 시도를 했다는 것이다. 컨설턴트도 반응하고, 지지하고, 당부하는 말 한마디라도 구직자의 상호작용과 맥락 속에서 그들의 감정과 방식으로 표현해야 한다.

그래서 구직고객과의 관계관리는 늘 조심스럽고 긴장의 연속이다. 구직자의 입장과 감정선에 대한 배려를 놓지 말아야 한다. 정서적이면서 전략적이다. 집중하기 위해 정적이면서 또 역동적이다.

'진로취업컨설팅'과 '취업알선 서비스'는 늘 구직고객을 중심에 놓고 기획하고, 설계하고, 연결하고, 구인기업들과 네트워킹하고 마케팅까지 한다. "고맙습니다." "감사합니다."라는 구직고객의 인사는 컨설팅에 대한 반가운 중간평가 정도가 된다.

'진로취업컨설팅'도 마케팅, 고객과 데이터, 시장을 함께 보라

마케팅에서 가장 중요한 것은 시장을 보는 눈에 있다. 그 눈은 시장의 새로운 변화 이슈와 대세가 되어가는 트렌드의 흐름까지 잡아내는 것이다. 이것이 중요한 이유는 시장의 중심에 고객이 있기 때문이다. 따라서 제대로 보고, 분석하고 자각해서 스스로 대응하고 준비하는 능력과 직결된다. 이런 능력은 두 가지 차원에서 더 구체화되어야 한다.

데이터와 고객과의 상호작용이다.

고객을 구직자 이전에 한 '사람'을 대하는 순수한 배려와 이해심이 기반이 되어야 한다. 그렇다고 구직고객에 대한 막연한 측은지

심이나 무작정 이끌고 가려는 조급증은 금물이다. 한 사람의 온전한 자아와 생계 유지를 포함한 생애 의미의 큰 부분을 차지하는 직업과 커리어를 다루는 일이다. 엄정한 소명의식과 함께 구인·구직을 둘러싼 노동시장과 직업, 개인 생애진로에 대한 냉철한 이해, 정교한 대응과 준비가 되어야 구직이나 이·전직 고객의 신뢰를 얻을 수가 있다.

① 구직고객 데이터 분석 기반의 맞춤 지원,

② 사람과의 교감을 통한 상호작용

위 두 가지를 기본 축으로 맞춤 컨설팅과 잡매칭이 이루어져야 한다.

먼저 데이터다.

구직자, 이·전직자가 첫 상담 전에 취업이나 이·전직을 위해 어떤 '목적'을 가지고 어떤 도움을 필요로 하는지 먼저 체크해 보아야 한다. 최초 수요조사 단계다.

구직고객의 준비 정도나 수준 등 상황에 따라 취업욕구와 진로 방향에 대한 사정과 진단이 필요한 경우도 있다. 고객의 필요 욕구에 앞서 잠재된 욕구 또는 노출하기 싫은 근본적인 장애요인이 있다면 이 부분에 대한 대처나 입장 정리도 선행되어야 한다.

'진로취업컨설팅' 서비스를 이용한 고객들의 피드백을 상담 차시별로 확인하며 어떤 점이 가장 불편하고 어려운지도 살펴보아야 한다. 구직, 이·전직 고객의 다양한 목소리를 엑셀 시트로 정리해 본다. 그리고 상담 차시별로 그들의 변화, 참여 프로그램, 취업 알선 후기 등을 한눈에 볼 수 있도록 기록해 둔다. 그리고 취업률과 만족도라는 변수를 반영하여 엑셀 데이터의 정렬과 분류기능을 통해 계층별, 경력 유무별 등 인적 속성과 유형별로 상담 결과 중심의 데이터를 보는 것이다. 구직고객이라는 모집단으로서의 특성이나 패턴들을 찾아내는 것이다.

시장과 고객은 결국 데이터다.

이 데이터는 플랫폼 비즈니스의 빅데이터나 전문가 수준의 통계 분석까지 의미하는 것은 아니다. 구직고객의 취업 의지, 준비 정도, 지원 분야의 특정성 등 인적 속성 측면에서 최초 인지되는 내용과 컨설팅이나 취업지원 과정에서의 참여 프로그램, 만족도, 구직고객과의 소통 등 후속적인 요인들을 취합하여 초보적인 엑셀 기능을 통해 분석하고 해석이 가능하다.

구직고객의 특성과 욕구를 이해하고 누적된 데이터를 바탕으로 가장 확률 높은 구직고객맞춤 설계와 지원의 바탕이 된다.

'진로취업컨설팅' 통해 자신의 가치를 체감, 행동변화 촉진해야

또 하나, 고객과의 상호작용이다.

데이터 분석 결과를 충분히 활용하되 개개인에 대한 태도와 자세를 포함한 진심 어린 헬프데스크가 되어야 한다. 유저의 마음을 읽는 것에서 비롯된다. 고객과 통하고자 하는 '마음챙김'으로 '어떤 고객들이 어떤 상황에서 나의 서비스를 필요로 할까'를 고민한 결과로 고객에 대한 서비스 내용과 방식, 기대하는 결과물들을 디자인할 수 있기 때문이다.

'진로취업컨설턴트'는 구직고객들이 진로나 취업컨설팅 과정에서 겪는 불편한 상황, 어려운 이슈들을 파악하고 해결해갈 수 있도록 도와야 한다. 또한 구직고객의 잠재력과 변화의지를 이끌어낼 혁신적 메시지와 실행방안들 어떻게 수립하고 전달할 것인지, 이어 그것들을 내적으로 수용하고 실행과 효능감을 체감하도록 구직고객의 개별적인 고민과 연구를 거듭해야 한다. 숙명 같은 과제다.

고객의 욕구는 나만의 솔루션과 해결방안을 제시해 줄 수 있는 컨설팅, 나에게 맞는, 나만을 위한 배려와 지원에 흡족해야 마음의 '좋아요'나 '구독'에 체크한다.

구직, 이·전직 고객 입장에서 컨설턴트와의 관계성은 필요나 조건에 의해 시작되지만, 결국 컨설팅 결과에 대한 만족과 문제해결로 마무리되어야 한다. 그 마무리는 취업이나 이·전직, 창업에 대한 자신감이나 커리어 확장으로 나타나는 것이다. '취업 성공'이라는 성과물보다 자신의 가치를 향상시키는 체감 지점이 더 극적인 터닝포인트라는 것을 스스로 체감했기 때문이다.

“가난은 나라님도 구제 못한다 했습니다. 노인 빈곤세대는 국가재정으로 지원해야 하지만 청년 빈곤층은 미래 진로 설계부터 현재의 정교한 의지들이 수반되면 얼마든지 예방이 가능합니다.”

체육인 진로와 경력개발 프로그램을 운영하는 소셜벤처기업 ‘베어런’ 김성규 대표의 말이다. 체육계열 학부생들이 처음엔 주저하다가 자신을 제대로 짚어가면서 스스로 진화되어가는 주도적인 모습들을 보고 그 에너지를 함께 나누고 있는 것이 서서히 결과물로 드러나고 있단다.

설립 2년 차, 단출한 7명의 스탭이지만 이미 50억 원 이상의 가치를 인정받은 베어런 대표사원이 말하는 핵심가치다.

CHAPTER 04

자신을 알다

"진로취업컨설턴트님은
자신을 얼마나 알고 계세요"

1

"나에게 실망했다. 왜지?"

'너 자신을 알라'는 말은 '내 판단과 결정의 이유'를 살피라는 것

TV 예능 프로그램에서 초등학교 2학년 아이의 동시가 소개됐다.

> 엄마가 있어 좋다. 나를 이뻐해 주니까.
>
> 냉장고가 크니까 좋다. 나에게 먹을 것을 주어서.
>
> 강아지가 있어서 좋다. 나랑 놀아주니까.
>
> 아빠는…. 왜 있는지 모르겠다.

강아지만도, 생명이 없는 냉장고만도 못해진 이 시대 아빠들의 자화상이 개운치가 않았다. 파리 목숨 같은 직장생활, 미래에 대한 불안함, 가족에 대한 무거운 책임감이 항상 머리를 짓누르고, '나'

라는 존재에 대한 가벼운 성찰은 고사하고 하루하루를 무채색으로 연명하는 가장들은 정작 취준생들이 가장 가까이서 맞닥뜨리는 직업 선배인데도 말이다.

2000년 전 동양의 손자병법에는 '지피지기 백전불태(知彼知己 百戰不殆)'가 있었고, 2500여 년 전 서양에서는 '너 자신을 알라'라는 금언이 있었다. 전자는 병법에 기반한 처세학으로 나보다 먼저 상대에 대한 앎을 강조했고, 후자는 정확히 어떤 의미인지 아직도 동서양을 막론하고 철학적 화두로 남아 있지만, 분명한 것은 나 자신을 직면시킨 점이다.

동양철학식 표현으로 비유하자면 '지피지기(知彼知己)'보다는 '지기지피(知己知彼)'일 것이다.

'네 분수를 알아라', '네 주제를 알라'는 뜻으로, 상대방을 꼬집는 투의 말로도 쓰인 이 말은 사실 '나는 누구인가?', '나는 무엇을 할 수 있는가?'라는 궁극의 자기 성찰과 존재감을 촉구하는 의미가 더 크다고 하겠다. 남을 의식하기 전에 말이다.

너무 좋은 것 같아요. 그래서 하게 된 거 같아요

뉴스나 다큐 프로그램 같은 영상물에서 보도와 관련된 시민들의 인터뷰를 보면 멘트의 어미가 "○○습니다." "○○어요." 등이 아닌 대부분이 "○○같아요."로 끝난다.

단호한 말투 또는 클리어함을 요구하는 것은 아니다. 상대방이나 대중에게 자신의 기분이나 입장을 말할 때 이렇다, 저렇다가 아닌 "그런 거 같애.", "그럴 거 같습니다."라는 표현은 중립적이고 객체화된 화법이다. 내용은 자신의 의중을 반영한 것이지만, 표현은 나를 객관화시킨 것이다. 유체이탈식 화법으로 볼 수도 있다.

물론 대중 앞에서의 조심스러움과 겸양의 덕목이라는 배경도 있지만, 습성화된 경우라면 자신의 의견과 입장을 주도하지 못하고 상대방에 대해 신뢰를 주지 못할 수도 있다. 사회적 이해관계나 자신과 조직의 크고 작은 의사결정 단계에서라면 더욱 주목해야 할 부분이다. 습관이 성공의 가늠자이듯 말투와 말 습관이 그 사람의 사고와 행동을 지배할 수 여지도 크기 때문이다.

내 스스로 정확하고 주체적인 표현 습관을 보이려면 자신의 생각과 고민의 질을 높이고 신중한 언어선택을 해야 한다. 형식이 내용을 지배하듯 말이다. 자기 안에서의 이런 변화는 당연히 불편하다. 말투 자체를 바꾸는 것도 어려운데, 생각의 방식이나 프레임을 바꾸는 것은 더 어려운 일이다.

때문에 머리를 싸매기보다는 다른 각도에서 접근해 보자. 바로 자신에 대한 성찰이다. 내가 어떤 것에 흥미와 몰입을 보이고, 생각과 판단에서 무엇을 더 우선하고, 중요한 의사결정에서는 어떤 부분에 의미를 두는지 등 자신의 가치관과 성향, 기질 등을 직업과 관련해서 선호도나 부합되는 직업유형을 인지하고 있다면 더 입체적인 자기 파악의 기반은 갖추어졌다 하겠다.

의사결정은 판단능력이 아닌 가치관과 성향의 문제다. '자신'에 대한 투명한 반성(돌아보고 성찰하는 것에 초점), 정교한 분석과 실체적인 고민으로 자신을 이해하고 직시해야 한다. 그래야 자신의 선택에 책임과 주도성을 갖고 끝까지 지속할 수 있다. 시행착오를 겪더라도 생산적인 리워크가 가능하다. 스스로를 보완하고 보듬어가는 것만큼 단단한 자기 발전은 없다.

막장 드라마에서 들은 듯하다. "내가 그때 왜 그랬는지 모르겠다." 진짜 몰랐을까, 당시엔 그럴 수도 있겠다. 나중에 한참을 생각해도 '진짜 모르겠다'라면 '자기기만'이 아닐까 싶다. 예를 들어, 나는 기본과 원칙을 중시하는가, 타의 추종을 불허하는 성과를 내고 싶은가, 다시 말해서 '정도형'인가, '성과형'인가에 대한 나만의 성향과 기질을 냉정히 헤집어봐야 한다.

그런 다음 모두가 우선 지켜야 하는 준법성과 지속 생존을 위한 성과 창출은 사회화, 조직화되어 가면서 이성적, 논리적으로 보완해 가는 것이다.

회사를 선택하고 이직하는 기준도 자기중심으로 살펴보아야 한다.

부모나 친구들한테도 명함을 내밀 정도의 회사라서, 연봉이나 복리후생이 좋아서, 지원분야가 안정적인 사업부라서 등등의 외적 단서나 이유로 지원을 하거나 이직을 고민하는가.

제1장의 〈진로취업컨설팅 영역〉에서 소개한 '진로설정' 전에 반드시 성찰하고 발견해야 하는 나만의 '정체성', '자존감', '의미와 재미'라는 '나' 중심의 키워드를 다시 복기해 보자.

유대인은 성인이 되는 날 랍비가 세상을 사는 이유를 물으면 그들은 "타쿤올람입니다."라고 답한단다. 하느님과 함께 세상을 개선해 가야 한다는 사명이란다. 누군가에게 도움을 주고 어디서든지 기여하고 싶은 존재감이든, 나만의 정체성과 기질을 알고 재미와 몰입감을 맛보았던 것이든, 내 중심의 직업적 역할과 직무들을 탐색해 보아야 한다.

업무적으로 좀 더 들여다보자.

1. 현재 자신이 맡고 있는 일을 과업단위(또는 업무 항목)별로 분류해 본 다음 각 과업별로 자신의 역할과 행위들을 정리해 본다.
2. 그 역할에서 발휘되는 자신만의 기술이나 발휘능력들을 적어본다.
3. 과업단위(업무항목)별 역할과 행동에서 어떤 일은 싫고 잘 못하는 반면, 어떤 일을 좋아하고 잘하는지 나뉘어질 것이다.
4. 여기서 향후 커리어비전을 위한 자기만의 시그니처 질문을 던져본다. 자신만의 가치와 의미를 담아낼 수 있는지 근본적인 자가진단형 질문이다.

(*시그니처 질문은 다음 편에서 구체화해 보려 한다.)

첫 출근한 상담사들 5년 후, 10년 후 그들의 목표나 되어 있을 자신의 모습은?

나를 알고 나의 커리어를 지켜가는 이는 하고 싶은 비즈니스와 달성 목표를 자신의 가치와 비전 속에서 그려간다. 그렇지 못한 지원자는 지금도 미래의 어느 지점에서도 자신의 모습을 구체화해내지 못한다. '상담 전문가나 강의를 하고 싶다'거나 '대학원 진학과 자격증 취득'을 목표로 내정하는 것은 그나마 구체적이다.

그러나 더 현실적인 변수를 고려하여 미래 자신의 모습을 구체화해 보자.

상담 전문가라면 누구를 대상으로, 어떤 솔루션과 역량으로, 어떤 성과와 가치를 주는 상담 전문가인지가 명확하지 않다. 대학원 진학과 자격증 취득은 목적과 방향성이 없는 과정과 수단일 뿐이다. 학위나 자격증 취득 후, 또는 취득과정에서 어떤 목적과 기대치를 갖고 그것들을 통해 어떤 것을 어디까지 하고자 하는지가 없다.

3년 내 서유럽 5개국 자전거 여행과 같은 버킷리스트를 말하는 이들도 있다. 왜 그 나라에 가고, 그 나라의 무엇을 보고 누리고자 하는지, 그것이 나에게 어떤 의미가 있고, 나에게 어떤 것을 충족시켜 줄 것인지에 대한 성찰이 없다. 그냥 힐링이고 비워낸 여행이라면 너무 멋없지 않은가.

요즘 '조용한 퇴사'가 주목을 받고 있다. 사업주든 직원이든 상생의 방향은 아니다. 주어진 대로만 일하는 직장인의 모습은 강제 노동에 동원된 노역자들과 무엇이 다를까. 직장인의 정신적 불행은 일 속에 내가 없기 때문이다. 더 아프게 말하면, 자기 가치와 중심이 빠져있기 때문이다. 영혼이 없다는 말이다,

"남에게 지는 것이 두렵지 않다. 나 자신에게 실망할까 봐 그것이 두려울 뿐"이라는 어느 프로골퍼의 말처럼, 우리는 남들과 비교와 인정에 앞서 스스로의 자존심과 묵직한 존재감이 꿈틀거리고 있음을 스스로 인지해야 할 때다. 특히 이 어려운 시기에 말이다.

2

"내가 궁금해졌다. 갑자기?"

나를 리딩하는 것은 '과거의 나'가 아닌 '미래의 나'

 # 서류전형과 두 차례 면접을 거친 입사 확정자와 회사 OT에서 나눈 이야기

첫 입직한 신입과 관련 경력을 갖고 입사한 경력직도 있다.

"입사해서 좋습니까?"

"네."

"왜 좋은 거죠?"

"취업준비나 입사경쟁에서 벗어나서요."

"입사해서 좋은 이유가 또 있나요?"

"가족이나 친구 눈치 안 보고 떳떳한 직장인이 된 거요."

"……."

"또요."

"……."

나는 맥없이 고개를 끄덕일 수밖에 없었다. 그리고 반문해 보았다. 그럼 각자 그 이유들이 앞으로 다양한 구직자를 만나 상담하고 회사생활을 이끌어가는 핵심 동력이냐?라고.

그 어려운 취업난을 넘어선 최종 입사자가 진정 기쁜 이유를 찾아 명확하게 표현해 볼 필요가 있다. 그것은 지금 이후 나만의 비전을 구체화해 가는 신명 나는 이정표이기 때문이다.

분위기 전환을 해보려고 경력 입사자 한 분에게 물었다.

"○○ 씨는 5년 뒤에 왜 그런 일을 하고 싶었어요?"

면접 때 "5년 뒤 자신의 모습을 자세히 말해 보라."고 했을 때 "은퇴한 시니어의 재취업 지원 전문가가 되고 싶고, 그분들을 위한 재취업 전문도서의 작가가 되고 싶다."라고 한 분이었다.

"조기은퇴나 직장을 떠난 이들이 많이 늘고, 그쪽의 취업시장이 커질 거 같아서요."

바로 되묻고 싶었다.

"그 사람들을 대상으로 그 일들을 하고 싶은 진짜 이유가 그겁니까?", "당신에게 그 일이 무슨 의미가 있나요?"라고. 그러나 더 이상 질문을 이어갈 수가 없었다. 자신에 대한 성찰을 기반으로 한 나만의 '커리어비전' 이 미흡했기 때문이다.

나와 직업, 사회에 대한 통찰과 융복합적인 고민이 없었고, 실행계획 또한 요식적일 수밖에 없다.

나만의 커리어비전(제1장 2번 항 참조) 수립의 주요 과정은 아래의 순서를 거쳐 정립되어야 한다.

① 나만의 소명, 평생 가치에 따른 생애 미션과 비전이 설정됐는가. 나만의 특기, 강점, 재능 등으로 남들에게 어떤 도움을 주고, 사회나 주변 이웃에 어떤 기여를 할 수 것들을 작성해 보는 단계다. 이는 주변의 인정 욕구보다 자신의 존재감과 사회적 관계의 의미와 맞닿는 지점이다.

② 생애 미션 수행과 비전 달성을 위한 목표 수립 내용과 목표 달성을 위한 단계적인 수행 방안이나 방법이 명확히 세워졌는지, 실행 가능한지, 방해요인을 극복할 대안은 무엇인지 확인하고 알아내는 단계다.

③ ②의 내용을 수행하고 점검해 갈 자신의 역량, 변화 의지와 활동을 지지하고 지원해 줄 주변 자원들까지 픽업하고 조사해 보는 단계다.

자기소개나 지원동기에서 나는 이런 것을 잘하고, 이런 일과 역할을 통한 '성취감', '존재감', '보람' 등의 표현이 나온 구직자라면 '진로취업컨설턴트'의 도움을 받아 충분히 수립해 갈 수 있는 로드맵이다.

2~3년 전 서울대의 어느 교수님의 기고에서 본 내면의 긍정을 위한 자기만의 질문이 강하게 남는다. 미국 갤럽은 각국 사람들의 행복지표를 측정하면서 추가로 던지는 시그니처 질문이 있다고 한다.

① 타인으로부터 존중받았습니까?
② 새로운 것을 배웠습니까?
③ 가장 잘하는 것을 했습니까?
④ 믿을 만한 사람이 있습니까? 시간을 어떻게 쓸지 스스로 선택할 수 있었습니까?

위 질문들에 대해 '예'로 답한 비율이 조사대상 89개 국가 중 우리나라는 83위로 최하위권이란다.

'존중', '새로운 배움', '잘하는 것', '시간의 선택'.
위의 키워드들은 가족, 친구, 동료 간에 평소 얼마나 쓰는 말들인지, 진로 결정이나 새로운 의사결정을 앞두고 얼마나 헤아려 본 단어들인지, 아니 각자 마음 안에서나마 한 번이라도 의식하고, 되뇌어 보고, 곱씹어 본 문자들이었는지.
어색하지만 그런 선문답을 해야 한다. 하다 보면 지극히 현실적이고 당연히 되어 있을 미래버전의 해답을 찾아갈 수 있을 것이다. 하여, 지금 콕 찝어서 마음을 담아 물어보라.

"취업은 했냐?"라는 질문보다는 "하고 싶은 일은 찾았니?"

"회사는 잘 다니냐?"보다는 "하는 일은 만족하니?"

"2세 계획은 없니?"보다는 "서로 이해하고 존중하는 부부가 되고 있니?"

결국 내면의 질문이고, 나를 제대로 반성하고 리뉴얼하게 만드는 질문들이다.

이제 입사자 모드로 돌아와 보자.

'내게 맞는 일'을 먼저 찾고 '잘하는 일'을 구분하는 것이 순리다. '내게 맞는 일'을 찾으려면 직무별로 수행능력도 중요하지만, 시작할 때(또는 업무지시를 받았을 때)의 즉각적인 마음상태, 수행과정과 결과물에 대한 자신의 성향과 수용성, 만족도를 잘 헤아려 보라. 특히 이 대목에선 주변의 평가와 판단을 참고하되 자신의 가치판단과 의미를 더 우선시해야 한다. 자신과 궁합이 맞는 일과 의지로 안고 갈 수 있는 일들을 정교하게 구분해 볼 수 있을 것이다.

블랙핑크의 '제니의 드레스', 기은세의 '테디베어 코트'는 탐나지만 내가 입을 수 있는지, 내 맵시가 꼭 그걸 입어야 하는지, 냉정하고 차분하게 직시해 보아야 한다. 처음부터 나를 위한 직업은 없다.

그런 의미에서 엄밀히 보면 천직은 없다고 본다. 그나마 직접 입어보며 조금씩 더 어울리는 옷을 찾아 나갈 뿐이다. 국내 취업시장에서 4년제 대졸자 기준 커리어 주기로 본다면 30대 중반까지는 자신의 일을 찾아다니는 과정으로 볼 수 있다. 그런 의미에서 30대 중반까지의 비즈니스맨, 직장인 모두는 비정규직이다.

3

사랑도, 일도 몰입하되 빠져 허우적대진 말자

'나는 소중하니까?', 나의 진짜 속내부터 외면 말아야지

화가 났을 땐 대화 자체를 거부하는 여친 때문에 마음을 졸이는 부서 직원을 보면서 답답하면서도 아쉬운 마음이 컸다. 갈등이나 다툼이 있을 때 이성적이고 합리적으로 풀어가길 원하는 사람이 있고, 이성적으로는 이해는 하면서도 감정적, 정서적인 부분이 해소되지 않으면 마음의 정리가 안되는 사람도 있다. 바로 남자와 여자의 차이다.

이는 인정하고 가야 한다. 결과와 성과를 중시하는 전략적인 생각과 과정과 배경을 더 중요시하는 정서적인 마음챙김의 차이로, 직장 내에서도 안타까운 평행선을 보이는 것도 같은 이치다.

진짜로 통하지 않은 가짜 소통 때문이다. 기업의 조직과 비즈니스 세계에서 가장 많이 오르내리는 '소통'이라는 키워드는 그만큼

어렵기 때문에 기업경영의 늘 첫머리 화두다.

흔히 말하는 소통을 3가지 측면에서 살펴보자.

첫 번째는 물리적인 소통이다.

세대 간, 계층 간, 부서 간, 본사와 현장 간의 인적 속성, 물리적 환경 등 이질적 요인에 따른 불통은 서로 간의 이해와 오해를 풀어가면서 부분적으로 해소되어갈 수 있는 여지는 있다.

두 번째는 감정적인 소통이다.

가족, 연인, 친구, 직장동료 등 태생적 인연이나 밀접 지인들과의 관계적 소통이다. 보호책임과 자존감을 둘러싼 부모-자식 간의 불통, 문제해결과 관계 중심의 남친-여친, 해묵은 감정 처리에서 빗어지는 친구 사이 등은 갈등이나 대립의 민감한 지점에서 어느 한쪽이든 잠깐의 양보와 여지를 내어주면 해결의 실마리가 보이는 경우가 많다.

세 번째는 자신과의 소통이다.

이게 정말 어렵다. '나는 소중하니까'라면서도 정확히 말하면 못하고 안 하는 것이다. 심리 상담 쪽에선 '마음챙김'이라 하고 '마음다스림'이라고도 하는데, 사실 자기성찰이다. 심리학에서 말하는 메타인지 기법과도 통한다.

나의 마음, 나의 생각이 지금 어떤지, 충분히 나 중심의, 나를 기반으로 한 생각과 판단을 하고 있는지, 남 보기 좋은 겉만 띄우는 행동이 나의 가치라는 억지 믿음은 아닌지, 감당하기 어려운 과욕을 열정이라고 애써 몰아세우는 건 아닌지, 단 한 번이라도 찬찬히 '한 번 더, 조금 더' 나를 제대로 살펴보는 성찰이 나를 유지 관리하게 하고, 남에게 끌려다니지 않는 사람이 되게 하는 것이다.

화난 여친과의 불통문제로 심란했던 우리 직원 이야기로 돌아와 보자.

먼저 그 여친의 문제다. 연인들 간의 관계에서 화가 나면 대화 자체를 거부하는 것은 함께 쇼핑왔다가 득템한 것을 안 사주면 사줄 때까지 바닥에 주저앉아 고집을 피우는 자기중심적, 유아적 행태에 불과하다. 화가 난 이유를 이야기하고, 그것 때문에 이런 점이 힘들었으며, 그래서 이러저러한 것을 조심해 달라는 등 생각이나 행동변화를 또렷하게 요구해야 한다.

세 번째 소통에서 말한 개인과의 소통에서 이런 마음 살핌과 자기주문을 통한 마음 관리가 정말 중요한 것도 이런 이유에서다.

그리고 남친인 우리 막내 직원에게는 이렇게 주문했다.

진짜 연애의 달인은 말 한마디라도 듣는 이성이 무엇을 원하고 듣고 싶어 하는지를 잘 알기에 상대방에게 꽂히는 말을 한다는 것. 그 말들은 머리보다 가슴을 물들이고, 상대방에게 고마움을 넘어 감동을 준다. 그 감동은 자신의 마음과 행동까지도 되돌아보게 한다.

서툴더라도 내 방식대로 마음을 전하고, 민망하더라도 내가 좋아하는 방법으로 마음을 보여주었기에 또한 감동하는 것이다. 다른 연애박사의 비법이나 소통방식이 역효과가 나는 것은 그런 이치다. 반대로 사이가 틀어졌을 때도 풀어가는 방식은 상대에 대한 내 마음이 그대로라면 자신의 실수나 불찰을 엄밀하게 되짚어 보라.

상대에 대한 자신의 내면을 순도있게 들여다보라. 그리고 자신의 말이나 행동이 미숙했던 점은 고백하고 인정하라. 용서와 양해를 구하는 가장 확실한 대처는 구체성과 진정성이다. 그래서 자신을 찬찬히, 용기를 가지고 들여다봐야 한다.

나의 중심을 단단히 세워두고, 내가 잘하고 좋아하는 방법으로 상대방을 감동시키는 것. 그것은 변하지 않고 오래 유지되기 때문이다.

기업 경영에서도 벤치마킹해야 할 부분이 요즘 세대 진정한 연인들의 교감방식이라고도 강조한다. 기업에서도 '고객감동'을 넘어 '고객행복'을 내세우는 것처럼 말이다. 연인과의 대화나 인정과 배려, 스킨십을 포함한 모든 상호작용에서 나의 존재감이 단단하게 유지되고 명확하게 부각되기 때문이다. 사랑에 열정과 진정은 다하되 빠지지는 말라는 것이 그것이다.

사업제안서 마무리 때문에 야근 중이었는데, 그 막내 직원이 기척도 없이 들어오더니 '카페라테' 한 잔을 내려놓았다. 이게 뭐냐는 눈길도 보내기 전에 잔에 붙인 조그마한 포스트잇 메모가 보인다. "실장님, 해결됐습니다. 고맙습니다." 라는….

이 친구. 한마디를 더 건넨다.

"이번에 여친에게 이해를 구하면서 진짜 저 자신에 대해 많이 생각해봤습니다. 제 진로문제인데요. 노무사 자격증을 따고 현장으로 내려갈까 생각 중입니다. 아무리 생각해봐도…."

"잠깐만!"이라고 일단 그 친구의 말을 제지했다.

그 얘긴 따로 일정을 잡아보자고 했다. 자신의 경력개발 계획은 세 번째 진짜 소통을 위한 생각의 전환과 자기 주도의 생각과 행동들이 더 쌓여야 하기 때문이다.

황야를 한참을 내달리던 인디언이 말 고삐를 잡아끌며 갑자기 멈추더니 뒤돌아 손을 흔든다. 한참을 내달려온 길, 뒤따르는 이가 없는데도 말이다.

길동무가 묻는다. 누구에게 손을 흔드냐고. 인디언이 답한다.

"너무 급히, 멀리 달려온 길인데 내 마음이 미처 못 따라올 것 같아서요."

4

나는 나 자신을 믿을 만큼 철이 들었을까

아직도 직업적 미성년자는 아닐까

"나의 꿈과 비전은 재벌 2세다. 그런데 부모님이 도통 노력을 안 하신다."

(웃자고 한 소리인데도) "마늘 좀 먹어라. 제발 사람 좀 되게."라고 말하고 싶은가?

그럼 이런 친구에게는 어떤 말씀을 해주고 싶으신가요.

"5년 후의 나의 꿈은 본부장이 되어 있는 것입니다. 어떤 사업이 되었든 내가 주도권을 갖고 프로젝트를 멋지게 해내고 싶습니다."

면접 현장의 채용책임자라면 합격점을 주시겠습니까?

자본주의 3요소인 토지, 노동, 자본은 사실 과거의 제조업 기반이다. 그 시절의 노동은 언제든 대체나 증식 또한 가능한 것들이었다. 공장에서 일하던 노동자 몇 명이 그만두더라도 공장 가동에는 큰 무리가 없었고, 최종 생산물도 달라지지 않았기 때문이다.

지금의 기업조직은 완전히 다르다. AI, 사물인터넷, 바이오 등 산업의 대변혁에도 사람은 이미 노동의 개념을 넘어선 기업의 원픽 핵심요소다. 흔히 말하는 핵심역량은 그 사람만이 가지고 있는 DNA에 바탕을 둔 특유의 탤런트를 말한다. 거기에 그 사람에게 최적화된 비즈니스적 역량과 경험 축적에 최우선적인 인적 투자를 집중하고 있다. 기업에서 이런 인적자원들을 러브콜하고, 집중 육성하고, 케어하는 이유이기도 하다. 이들의 성공과 실패경험은 기업의 핵심자산이다, 나아가 이들의 비전과 회사의 비전을 동일시하는 동기부여와 의사결정은 그 기업의 생존과 더불어 현재의 비즈니스 포지셔닝과 미래가치까지 좌우하기 때문이다.

미래형 비즈니스 프레임에서 자신의 커리어비전을 포지셔닝하려면 직장에서, 비즈니스 현장에서 나만의 강점과 능력으로 써먹을 수 있고, 팔 수 있는 기술이나 역량이 있어야 한다. 판매고와 매출을 올릴 수 있는 마케팅이나 영업능력이든, 비용을 줄이기 위해 조직운영을 효율화하든, 기업의 새로운 가치와 문화이식을 위해 조직의 시스템을 업그레이드하든 조직 활동의 개선과 향상에 역할을 할 수 있어야 한다.

일상의 역할로 보면 고급 엑셀이나 파워포인트 등을 통한 사업

제안서 작성도 좋고, 짠내 나는 부서 분위기를 일타에 바꿀 수 있는 분위기메이커도 좋고, 까다롭고 변덕이 심한 고객사 담당자들의 의사결정을 컨트롤해 주는 노련미도 좋다.

어떤 업무나 일 처리든 소속 조직에서 필요하지 않은 업무는 없다. 다만 경, 중, 완, 급이 있을 뿐이다. 덜 중요하고 덜 급한 일일 수도 있다. 돋보이지 않고 생색나지 않는 일이 많다. 심지어 이용당하고 홀대받는 업무도 있다. 그러나 역주행할 수 있는 여지 또한 많다.

부서 간에 복합기 사용이 혼재될 때 엑셀 데이터분석을 통해 사용 시간대를 달리해서 출력물이 섞이고 꼬이는 문제를 단박에 해소하듯이 빅데이터, AI, 사물인터넷의 연결과 확장을 통한 업무의 편의성과 RPA(Robotic Process Automation) 이상의 고도화를 누리고 있다. SNS, 메타버스를 넘나들며 소통과 공유, 소확행을 우선하는 정서적 코드는 성공 또는 성취방식의 전형성을 무너뜨리고 있다.

직원 수 1~2명에서 수십만 명에 달하는 기업들도 생존과 번성을 위해 찾고 지키려는 것이 바로 '사람'이다. 더 정확히는 그 사람만이 가지고 있는 탤런트와 그것들을 기반으로 한 비즈니스 향상심이다.

CEO는 천성적으로 '석세스메이커'다. 제대로 된 CEO라면 매출 대박보다 그런 최적의 인재 한 사람을 확보한 것에 더 큰 의미를 둘 것이다.

칼퇴근이 워라벨은 아니다. 야근을 해도 내가 원하고 의미를 갖는 일이면 그것도 워라벨이다. 내 업무가 인정하기 싫은 급여와 복리후생, 불편한 상사나 동료와의 관계로 더 힘들어하는 얄궂은 현실도 만만치 않지만, 분명 최우선으로 지켜야 할 기준과 원칙은 지금 내가 하는 일의 목적과 가치를 알고 그 일을 잘 수행할 수 있는 역량일 것이다. 직업적 성년으로서의 자신의 미래와 향상의지를 유지해야 하는 이유다.

낮은 직책에 있다 하더라도 관리자의 사고와 역할을 할 수 있다.

심야시간대 편의점 알바를 하더라도 진상손님을 만나지 않거나, 물건이 입고되는 시간대가 걸리지 않길 바라는 현실적인 고민은 어쩔 수 없다 하더라도 주변 상권의 업종과 계층을 구분해 보고 고객 성향별, 시간대별 구매와 판매고를 분석해 본다. 시간대별 물품진열과 진상손님 대응요령 등을 점주나 본사에 제안해 보는 '디퍼런스 씽킹'이 그런 것이다.

상사로부터 받은 지시와 할당 범위만 이행하는 수준을 넘어 부서와 회사의 비전을 구체화해 보려는 의지들은 고민의 질과 결정 내용 자체가 다르게 나올 수밖에 없다. 회사에 대한 충성이나 인사평가 차원이 아니다. 회사를 통해 자신의 비전과 성취를 구체화해 가려는 빅픽처라는 계획에 근거하기 때문이다. 유니콘 기업으로 급부상한 벤처나 스타트업 기업의 비하인드 성공스토리이기도 하다.

면접얘기로 돌아와 보자.

'어떤 업무가 됐든 최선을 다해서 꼭 필요한 인재가 되겠다', '5년 후 본부장이 돼서 프로젝트를 주도하겠다.'라는 답변유형들.

내가 없다. 나는 이런 사람이고, 이런 역할과 비전을 갖고 특정 업무나 사업을 통해 어떤 가치와 의미를 공유할 것인지가 없다. 나는 없고 지원기업에 대한 짝사랑 읍소만 있을 뿐. 재벌 2세가 꿈이라던 지원자와 뭐가 다를까.

직업적 성년이라면 여기서 중요시할 것은 재벌 2세가 된다면 정말 무슨 비즈니스, 어떤 사업, 무엇을 위해 누구와 어떤 일을 도모해 보고 싶은지를 구체화해 보는 것이 본질이 아닐까. '10억이 있으면 하기 싫은 일을 안 해도 되지만, 100억이 있어도 하고픈 일이 있다면 그것은 정말 자신이 하고 싶은 일'이라 했다.

내가 무엇을 위해 얼마나 치열하게 살았고, 그 멋진 꿈을 꾸고 분투하고 있는 진짜 매력있는 사람인지 먼저 확신하고 어필해야 한다. 나 자신을 어딘가에 제쳐놓고 그 회사에 들어가기 위한 짝사랑만을 늘어놓지 말아야 하는 이유는 이제 명백해졌다고 본다.

이제 우리 구직자와 직장인들은 진짜 철들 때가 됐다.

"내가 나를 믿을 수 있는 나이가 철든 나이"라는 102세 노철학자 김형석 교수의 말처럼.

5

'경험'이 나만의 '경쟁력'이 되려면

현장 실패경험과 성취감은 대체불가 커리어로 성장

"업무나 조직적응을 못해 회사를 그만두고 만다."(인사담당자)

"맡겨진 업무가 내게 맞지 않고 일방적이다."(조기퇴사 신입사원)

몇 해 전 일간지 특집섹션면의 〈입사초년생의 퇴사이유〉가 눈길을 끌었다. 기업과 신입사원의 상반된 입장에서 설문내용 결과를 그래픽과 함께 편집한 해당기사를 끝까지 보게 되었다.

기업과 신입사원의 불편한 오해라는 부제의 해설기사에서도 이런 상반된 극과 극의 반응은 여실히 드러난다.

기업에서는 '개인적인 자율성 이전에 조직에 대한 이해와 조직 적응력을 더 우선한다.' '자기주도적인 목표의식 부족이 아쉽다.'고 한 반면, 신입사원들은 '자기자신, 즉 직원 미래에 대한 비전 제시가 없다', '집단문화와 조직 순응만 강요한다.'는 것이었다. 그리고 개인의 '창의력을 존중하는 직무교육과 전문성 개발을 원한다.'고 했다.

이에 기업은 그들이 장기적인 안목이 부족하고 파랑새 증후군도 있다고 했다.

이에 대해서도 신입사원들은 자신에게 부여된 업무가 내 적성과 맞지도 않고, 미래에 대한 기대감도 주지 못했다고 대비된 반응들로 기사는 이어졌다.

최근 들어 대기업과 IT기업 중심으로 경영성과 평가와 성과급 지급에 있어 공정성과 투명성 문제를 지적하고 나선 MZ세대들 모습을 보면서 그때의 기사내용들이 데자뷔된다.

그럼에도 필자에게 분명히 각인된 기사대목이 있다. 그 심층기사의 마지막 부문에서 한 인사담당자의 인터뷰 멘트와 인터뷰에 응한 40여 명의 퇴사한 신입사원들이 공통적으로 언급했다는 인터뷰 후기멘트였다.

"예년보다 이탈률이 높아지고 있는 것은 사실이다. 그럼에도 입사 때부터 될 수 있는 친 구들은 어떻게든 두드러지고 부각된다. 요즘엔 그것이 더 빨리 드러난다."(인사담당자)

"1년도 안돼 그만둘 수밖에 없는 이유는 한두 가지가 아니다. 그래도 소득이 있었다면 근무현장에서 내가 무엇이 부족하고 어떤 것들을 더 갖추어야 하는지를 명확히 알게 된 것 같다."(퇴사자) 이 같은 공통된 소회가 있었다는 내용으로 마무리된 이 대목이었다.

모든 직장인들, 커리어맨들의 역량은 크게 두 가지로 배양된다. 두 가지의 공통점은 '비즈니스 현장기반'이고 '자신 주도'라는 점이다.

먼저 '현장 기반'이라 함은 '실전'이라는 가치 때문이다. 확실한 것은 불확실할 때 나타난다. 신입사원 시절은 출근부터 퇴근까지 모든 것이 낯설고 생경스러워 마음이 힘들 때다. 그럼에도 날이 갈수록 자신의 선명성과 존재감을 드러내는 이들이 나온다. 그들도 '이게 아닌데….', '굳이 그렇게까지?'라며 하루에도 수십 번을 갈팡질팡했을 것이다. 그래도 하루하루 겪고 체감하다 보니 내 안의 흥미와 업무적 적성도 발견해 가더란다. 나의 성향과 업무 속성이 교차되는 지점이 발견된 것이다.

그래서 퇴사한 신입직원들이 공통적으로 느꼈다는 부족한 점에 대한 알아차림이 소득이 될 수 있었던 것은 현장에서 체감되고 실전에서 느껴본 경험치들이기 때문이다.

발 들이지 않고 밖에서 보고 느끼고 고민하는 것은 피상적이다. 그래서 막연하다. 상황에 직면하게 되면 거부감과 두려움만 커지게 된다.

사업을 매개로 한 조직 안에서 자신이 직접 겪고 부닥치고 보완해서 개선해 가고 자기화해 가면서 사내 인간관계와 비즈니스 이행과정을 통해 적응해 가는 것이다. 그 과정이 있어야 본인의 업무 적성과 기질을 찾게 되고, 자신과 동료와의 상생과 경쟁의 임계점을 찾아가기도 한다. 조직 내에서 자신의 역할이 자리잡고 역량이 누적되어 가는 과정이다.

그리고 자신이 진짜 의미를 두는 나만의 가치와 성취감을 느끼는 지점도 발견해 간다. 그러면서 자신의 잠재력(그것이 끼든, 특기든, 강점이든)이 터지는 대단한 승리감도 맛볼 수도 있다. 물론 그만큼 비즈니스 현장과 조직 내부에는 뼈아픈 실수와 어이없는 상황들, 개인으로선 도저히 어쩔 수 없는 구조적 폐단의 희생양이 될 수도 있다. 그래서 현장 기반의 자기관리와 경력개발의 힘은 내공이 클 수밖에 없다.

이처럼 현장 기반의 직장경력, 직무수행 경험 못지않게 중요한 것이 자기주도 학습이다.

21세기 직장인들의 학습은 자발성에 기반을 둔 주도성에 있다. 그래서 '교육'이 아닌 '학습'이다. 집체식 피교육자가 아닌 자기주도적 학습자라는 뜻이다. 지금 그 자리에서 그냥 직장인으로 연명해 갈지, 진화하는 비즈니스마스터로 살아남을지 분기점이 되는 지점이다.

자기계발을 위한 70:20:10 법칙은 리더십 계발이나 마케팅 부문에서 성공한 기업들과 전문가들이 현장에서 검증된 통계를 통해 만들어 낸 것이다. 구글이 내부자원을 분배할 때 도 이 기준을 적용한다고 한다. 70%는 기존사업의 강화, 20%는 유사 사업의 전환, 10%는 파격적인 신규사업에 투자한다고 한다.

직장인들의 경력개발에서 이 법칙은 더욱 분명해진다. 직장생활에서 70%는 팀이나 부서 단위에서 사업의 수행 경험이나 문제해결 과정 중에 체험하는 것에서 경력이 개발되고, 20%는 동료와 업무적인 상호작용과 협업을 통해서, 10%는 강사주도 학습이나 자신의 개인 학습으로 채워진다고 한다.

우리는 흔히 남들과 비교하면서 자신의 위치를 명확히 판별하고자 하는 속성이 있다. 물론 조직 내부에서 다른 부서나 동료와의 비교, 경쟁이 목전의 현실이지만 조금만 더 앞서 보자. 경쟁사의 비즈니스마스터나 동종업계 유명 셀럽들과 비교해 보라. 아직 비교우위가 아니라고 위축되거나 자신을 손절하는 것은 금물이다.

이 업계에 첫발을 들인 그때와 지금의 나를 비교해 보라.

입사할 때 그때의 나와 지금의 나를 비교해 보라.

무엇이, 어떤 시간들이 지금의 그대를 만들었겠는가.

그대가 그대를 충분치 않다고 여겨도 최소한 필요조건이 갖춰진 것은 분명하다.

CHAPTER 05

전문가

진로취업컨설턴트는
숙련가가 아닌 전문가여야 한다

1

평소 '즐길 거리'가 평생 '먹거리' 될 수 있을까

직장에서 찾아내야 할 나만의 신박한 '필살기'

 # 경력직 진로취업컨설턴트 채용 면접

업무소통을 위해 '말'과 '글' 중에 선호하는 것은?

'규정'과 '실적' 중 하나만 선택해야 한다면?

'신속함'과 '정확성' 중에 무엇을 더 우선하는가?

'사람(인성)'과 '업무능력(실력)' 중 한 가지만 선택해야 한다면?

지원자들의 반응이다.

"규정은 꼭 지켜야 하지만 중요한 실적이라면 융통성 있게 판단하겠다."

"정확하고 꼼꼼하게 하면서도 신속하게 처리하려고 애쓴다."

"업무능력에 큰 차이가 없다면 사람(인성)을 먼저 보겠다."

언뜻 보면 매우 합리적이고 상식적인 다변이다. 그러나 질문자의 의도와 기대치와는 전혀 다른 동문서답이다. 위의 질문을 던지면서 반드시 한 가지만 선택해야 한다고 부연 설명을 덧붙였음에도 이런 유형의 답변들이 많다. 그 사람만의 캐릭터와 특장점을 알고, 나아가 업무성향을 보고자 함이 더 중요하다.

피면접자들의 위의 반응들은 자기중심의 가치와 의미를 변별하고 우선순위를 포지셔닝해 보지 않아서다. 생애주기에서 우리는 크고 작은 의사결정과 판단을 하게 된다.

결정장애도 자신을 주체적 변수로 생각하지 않아서다. 그런 기회가 와도 미루거나 방치했기 때문에 둘 중 하나에 대한 선호도가 좀처럼 떠오르지 않은 경우다. 상황에 따라가고 분위기에 좌지우지될 가능성이 높다. 때문에 이도 저도 아닌 '양시양비론'이 되기도 한다.

위의 질문들은 지원자의 가치 판단을 위한 면접질문이다. 지원자 고유의 기질과 성향, 가치관 등을 함께 확인해 보려고 대칭되는 키워드로 직면시켜서 물은 것이다. 예로 든 '말과 글'은 업무나 비즈니스 소통유형이 '대화를 통한 상호작용'(말)인지, '문서나 레터를 통한 정리된 소통과 교감'(글)인지 묻는 것이다. 말을 더 선호하는 성격이라면 소통이나 표현방식을 더 꼼꼼하게 살펴보고 그 방식을 더욱 정교하게 개발한다. 그러고 나서 글이나 문서를 통한 소통방식도 보완해 나가야 한다. 신속성을 우선한다면 자신의 속성기질을 직시해 볼 수 있고, 빨리 처리하기 위한 나만의 노하우나 비결도 확인해 볼 수도 있다. 그다음에 업무수행의 변수나 이슈를 체크해 보고 일의 완성도를 끌어올리는 정확성 요인들을 챙겨갈 수 있다.

우리가 특기라고 쓰는 것. 취미와 구분되는 특기는 마니아, 덕질, 아마추어 이상으로 잘하는 것이어야 한다. 물론 취미나 소일거리로 하던 것들이 의외로 덕업일치가 되는 경우도 있다. 다만 특기는 자신의 만족과 몰입을 떠나 남들, 특히 조직 내에서 인정받은 능력이라면 그 능력과 역할 등을 찬찬히 기록해 보고 나름의 역량요소로 정의해 보는 것이 아주 중요하다.

그것이 평생의 먹거리가 될 수 있는 신박한 필살기의 근간이 될 수 있기 때문이다.

직장이나 사업경험 초기에 평생 먹거리로 연결되는 나만의 검증된 역량을 제대로 발견하는 것은 큰 행운이다. 이것을 평생의 '즐길거리'로 연결하고 확장해 가야 하는 숙제를 풀어야 진짜 행운이겠지만 말이다.

경력자들은 직장경력이나 비즈니스 경험에서, 취준생이나 구직자들은 개인 활동이나 사회적 관계에서 아래 5가지 항목에 대해 자문자답해 보라. 현실기반의 자기분석을 통한 나만의 강점 발견을 위한 진단 프로세스의 일부이다.

– 기술, 노하우 습득이 다른 사람에 비해 빠르다.

– 일이 고되지 않고 스트레스를 못 느낀다.

– 성취욕심과 향상심이 늘 생긴다.

– 실패해도 잠깐 실망은 하지만 금방 다시 시작하고 싶은 열망도 있다.

– 남들이 알아주지 않아도 내가 쓰담쓰담해 주고 인정해 주고 싶다.

위 항목들은 내가 '즐기는 일'의 특성들이다. 나에게 맞는 일, 즉 강점의 요소들이 많을 것이다.

3항목 이상에서 확실하게 인정이 되는 일이나 역할이라면 그 일이 그대만의 원픽 강점 후보가 되는 셈이다. 이제 그 업무나 역할들을 **① 사람과 관계된 기술 ② 물건과 관련된 기술 ③ 정보나 지식과 관련된 기술 ④ 기계나 장비조작 관련 기술인지** 등 어떤 것과 관계된 것인지를 잘 살펴서 분류해 본다.

그리고 ①~④번 중 선택된 쪽에 실제 자신의 업무나 역할 등을 리스트에 추가해 본다.

위의 과정을 거쳐 특정분야의 업무나 역할이 유사업무와 연결되고 확장되면서 나만의 필살기는 더욱 구체화되고 그 영역을 드러낸다.

이제 생애 '먹거리'가 될 나만의 필살기가 팝업됐다. 이 '먹거리'

가 '즐길 거리'가 되려면 앞서 면접장에서 늘 던지곤 하는 키워드 질문에 대한 자기검증이 있어야 한다. 자신의 아이덴티티나 스타일에 부합되는 방식으로 원픽 강점인 필살기를 더욱 연마하고 폭과 깊이를 더해 가야 부가가치 높은 신박한 필살기가 되기 때문이다.

원룸 인테리어 분야의 득템 영상을 기획하고 기발한 구성과 편집력이라는 필살기로 성공한 유명 유튜버. 그는 자신의 타고난 기질이 부지런하고 정보 지식을 서치하고 분석하는 것을 좋아하는 속성을 발견했다. 그래서 영상을 기획, 촬영, 밤샘 편집이 그에겐 노동이 아니었다. 몸은 노동을 했지만, 마음은 즐거움과 기대로 넘치고 영혼은 신명을 부르는 것이다. 그렇다. '덕업일치'다. 인공지능 로봇이 고도화, 일상화되면서 우선순위에 드는 사라지는 직종이 비대면 상담원들이다. 그러나 직장 상사나 동료, 또는 고객이 먼저 엄지척해 주는 나만의 원픽 강점을 즐기면서 발휘해 가는 찐 소통전문가로 거듭나는 상담사는 일상이 다르다.

AI가 일상화돼도 모든 상담원이 없어지는 것이 아니라 어떤 상담원이 사라져 갈 것인지를 생각해봐야 한다. 그 시점이 다가오고 있다.

단점 극복은 죽도록 노력해서 남들 평균과 똑같아지는 것이다. 지금 스펙쌓기가 딱 그런 모양이지 않은가. 뭐든 다 잘하는 사람은 없다. 마찬가지로 어느 누구도 전부 못하는 사람은 없다.

2

스트레스 줄이려면 '일'의 본질 찾아 다시 보라

결국 '나' 자신과 '지금'에 집중하라

#1. "예쁘게 하고 나와."

……

"그녀는 나오지 못했다."

#2. 신은 버틸 수 있는 만큼의 시련을 주신다는데, 날 이만큼 강한 사람으로 보신 건지 묻고 싶다.

재밌다. 현실 강타 웃음이다. 근데 개운치가 않다. 아니 불편하다. 썩소다.

같은 상황에서 다른 반응으로 기분 좋게 각색해 보자. 아래 반응처럼.

#1. “예쁘게 하고 나와.”

…….

“그녀는 곧바로 나왔는데 예쁘진 않았지만 맑고 당당했다.”

#2. 신은 버텨낸 자만이 해낼 수 있는 역할을 주신다는데, 날 이만큼 (사회나 인류에) 필요한 사람으로 제대로 보신 것이라고 확신한다.

조직보다 나, 공동체보다는 나만의 공간, 미래의 빅픽처보다는 지금 당장의 소확행에 꽂혀있는 MZ세대들은 ‘나’ 자신과 ‘지금(현재)’을 먼저 본다. 바람직한 현상이다. 그것이 당연히 본질이고 핵심이기 때문이다.

‘회사를 위해 일했다고 하지 마라.’

내가 좋아서 몰입하고 열정을 쏟은 것이다. 팀 신규 브랜드 개발 트렌드 보고서만 봐도 기대가 된다는 본부장님 평을 받았다. 그동안 야근할 때 옆 부서 팀장님이 보고 갔다고 해서 좋아할 일도 아니었다.

‘팀을 위해 희생했다 마라.’

내가 스스로 안무를 짜고 그루브를 타게 되더라. 심사위원이 춤을 정식으로 배워본 적도 없는 나의 춤선을 여자 전문무용수보다 더 곱다고 했다. 안무의 메인 센터를 고집하는 친구를 시샘할 이유가 없었다.

'무얼 할 수는 없어도 뭐든 안 할 수는 있다.'는 것은 실행력의 한계를 지적하는 건 아니다.

'나'라는 주체와 '지금'이라는 시제. 이 두 가지 본질을 놓치고 있기 때문이다.

현대그룹 창업주였던 고 정주영 회장. 그분에 대해 사람들이 기억하는 것은 바로 저돌적인 추진력과 무소불위의 자신감일 것이다. "해봤어?, 제대로 해봤냐고?"로 상징되는.

그러나 그를 오랫동안 지켜본 지인들은 어떤 현상이나 사물을 복잡하게 보지 않고 지금 시점에서 자기 방식으로 아주 단순, 명료하게 갈무리해버리는 특유의 능력이라고 한다. 국내산업의 대장주였던 현대건설 초기, 정 회장은 조선업 진출을 선언한다. 건설과 조선은 전혀 다른 분야이고, 건조기술이나 인프라도 없던 시절이라 전문가들도 문어발식 확장경영이라며 일침을 놨지만 끄떡없던 우리의 왕회장.

"공장 짓는 거나, 배 만드는 거나 뭐가 다른데? 조선이라는 게 철판으로 큰 탱크를 만들어 바다에 띄우고, 그 안에 엔진 붙여 동력으로 달리면 되는 거잖아!"

건물을 지을 때 냉 온방, 전기장치 넣듯이 선박에도 도면대로 끼우면 된다는 발상이었다. 이렇게 단순하게 정리해버리는 것은 바로 왕회장의 주체적 확신과 지금 절실한 '업의 본질'을 꿰뚫어 볼 수 있었기 때문이라고 본다.

직장에서 문제해결의 본질도 마찬가지다.

'나'라는 주체는 사건 당사자다. 그 당사자가 가장 중요한 해결 변수이다.

'지금'이라는 것은 문제를 정확히 규정하고 해결 노력이 집중되어야 할 지금이라는 적기, 골든타임을 말하는 것이다.

정부사업을 대행해서 고용서비스 사업을 수행하는 운영기관의 진로취업컨설턴트들은 구직자의 진로결정과 촉진, 취업알선 능력도 중요하지만, 규정과 원칙을 준수하는 엄격한 준법의식이 먼저 선행되어야 한다. 구직자 개인정보 보호나 취업준비를 위한 비용지원, 취업알선 및 성공취업을 인정받기 위한 규정과 요건이 매우 까다롭고 엄정하기 때문이다.

그럼에도 취업인정 실적을 올리기 위해 융통성이라는 명분으로 규정을 어기거나 편법적인 일 처리가 적발되어 경고나 약정 해지되는 운영기관들도 있다. 운영기관들이 규정준수에 대한 경각심을 바짝 일깨우고 최우선으로 강조하는 것도 그런 이유다.

그러던 차에 우리 사업부의 구직자 모집방안과 취업알선 연계전략 등이 포함된 운영계획이 소속 직원을 통해 경쟁 운영기관에 누출이 되고 말았다. 총괄팀장은 누설 직원을 불러 경과를 듣고 나서 다짜고짜 그 직원을 몰아세웠다. 손해배상 청구를 하겠다느니, 지금 ○○ 씨의 말을 녹음하겠다느니 등 위협적으로 다그쳤던 모양이다. 결국 그 직원은 사표를 썼고, 되레 인신공격과 직장 괴롭힘으로 고용노동부에 진정서까지 냈다. 시간이 흘러 당사자 간 조정절차로 잘 마무리되었으나 내상이 컸다.

위 사태의 본질은 내부 정보를 누설한 그 직원에게 내부정보의 보안의식에 대한 준엄한 경고와 징계를 하되 그런 연유와 배경을 충분히 알아내는 것이다. '나'라는 주체와 '지금'이라는 시점을 도입해 보면 사건의 주체인 그 직원이 각성을 하고, 지금 그 시점에서 사업부 전 직원이 분명한 경각심과 리마인드를 통해 더 큰 사고를 예방하는 것이었다.

그런데도 누설 직원에 대한 감정적인 대응으로 문제해결의 실마리를 찾기 위한 원인이나 이유 등이 규명되지 않고, 사후 폐해에 대한 책임부분만 불거지게 됐다. 그러다 보니 해당 직원도 자신의 행동에 대한 반성과 성찰보다 자신이 겪은 정신적 피해만 부각함으로써 사안의 주객이 전도돼 버린 것이다. 당연히 사건의 주체와 골든타임을 놓치고 문제 해결의 단초도 사라져버린 것이다.

이처럼 사건의 주체인 당사자 또는 책임자가 원인규명과 재발 차단장치 강구라는 역할과 타이밍을 놓치면서 당장의 손해나 폐해에만 집착하게 되고 더 큰 악수를 둔 사례다.

밥을 급하게 먹고 체했을 때 배탈이 나면 폭식한 자신의 식습관을 진단하고 교정하는 것이 본질이다. 애먼 음식 탓만 할 게 아니라는 뜻이다.

3

"같은 일을 해도 '효과'보다 '효율' 있게 하자고요"

1년 연봉이 효과라면 1년 이상의 성장은 효율

고려시대의 평민들은 글을 모를 수밖에 없었지만, 일부 집성촌의 평민들은 글을 모르는 것을 수치로 알고 오늘날로 보면 생활 기본 한자들을 익힌 이들도 있었다고 한다. 고려 초기만 하더라도 평민에서 귀족에 이르기까지 성과 본관을 갖는 새로운 친족공동체가 형성된 것도 그 때문이다.

고려시대 때 한 평민가 집성촌에서 갑작스런 초상을 맞아 문중에 부고장을 돌려야 했는데, 모두가 부음의 내용을 쓸 정도로 글을 제대로 익힌 이들이 없어 결국 마을 훈장 어르신을 찾아갔다. 수많은 부고장을 써왔던 이 훈장은 한참을 고민했다. 그러더니 달랑 네 글자만 적은 부고장을 건넨다.

모두가 어리둥절하면서 그 네 글자를 읽어 내려갔다.

"유, 유, 화, 화?"

훈장님 왈, "훈(뜻)만 읊어보시게들!"

"버들, 버들, 꽃, 꽃?" 부고장에 적힌 네 글자는 "柳柳花花"(버들유 버들유 꽃화 꽃화)였다.

주해를 달자면 (살아있던 사람 몸은) 버들버들했는데 (죽으니) 꼿꼿해졌다.

그제서야 모두 무릎을 쳤지만, 이 부고장을 효과적이 아닌 효율성의 전형으로 보아야 한다. 마을 사람들의 한자 인식 수준과 시급하게 알려야 하는 직관적인 표현을 작심하고 써 내려간 단 네 글자의 부고장이었기 때문이다.

같은 일을 하더라도 확연히 생산성이 높게 일 처리를 하는 사람들이 있다. 업무성과나 결과물을 내놓는 타이밍과 그 대상까지도 전략적으로 관리하는 잔바리 수준의 얘기가 아니다. 사내정치를 잘한다거나, 다른 사람들의 이이디어나 공로를 가로채는 구태적인 열등 행태는 더더욱 아니다.

능력과 자원의 우수성을 5단계 지표로 가장해 보자. 가장 낮은 수준을 1, 최고 수준을 5라고 가정했을 때 2수준을 갖고 5시간 투입한 것과 5수준에 5시간을 투입한 결과물(산출 성과 등)은 어떻게 달라지는가. 2×5와 5×5. 10과 25로 2배 이상의 차이다. 이런 방식의 차이가 10시간, 100시간, 1년, 10년으로 누적되면 그 차이는 가늠하기도 어려워진다. 같은 시간을 쏟는다면 더 좋은 식자재, 더 정확한 통계자료에 더해 더 훌륭한 셰프가, 더 노련한 분석전문가가 붙게 되면 그 음식의 맛과 그 분석 자료의 의미는 하늘과 땅 차이가 된다.

위와 같은 작업 대상이나 자원 그리고 사람의 능력이 효율성의 물리적인 변수라면 일을 대하는 자세, 열정, 업무속성과 작업자의 성향, 반대급부 등 동기부여의 정도에 따라 정성적인 요인도 중요한 변수이기도 하다.

흔히들 '좋아하는 일'을 하라고 한다. 그보다는 '나에게 맞는 일'에 집중해야 위와 같은 극대의 효율성과 기대치를 올릴 수 있겠다. 여기에 '나에게 맞는 일'이 나의 강점 요소와 결합되어 신나게 할 수 있는 일이라면 그 성과는 더욱 커지고 배가될 것이다.

그렇다. 1+1=2는 효과인 것이다. 1+1=2 이상의 숫자로 산출되어야 효율적이라 한다. 자원을 투입하여 예견되는 결과가 효과라면 그 예상치 이상의 성과, 즉 시너지, 부가가치가 더 창출되는 것을 효율이라고 볼 수 있겠다.

더 확대해 보면 모든 기업들이 관리하는 성과도 효율적이어야 한다. 생존과 지속가능성을 가름할 매출과 영업이익이 특히 그렇다. 매출액이 꾸준한 성장세를 보인다 해도 영업이익이 동반되지 않는다면 아무리 대박매출을 거둔다 해도 앞에서 남고 뒤에서 밑지는 적자 형태로는 기업이 존속될 수가 없다.

그래서 매출내용과 추이를 분석하고 그에 따른 비용관리도 우선적으로 체크한다. 이를 통한 수지관리, 이익관리는 효율성을 기반으로 하는 관리지표다. "측정할 수 없는 건 관리할 수 없고, 관리할 수 없는 건 개선할 수 없다."고 피터드러커가 설파했듯이 말이다.

기업이 이익을 챙겨야 하는 이유는 여러 배경이 있다. 기업조직은 유지와 존속도 중요하지만, 미래의 비전과 도약이 생명력이기 때문이다. 현재의 생존력을 넘어 미래지향적 속성을 띠고 있다. 인적, 물적 자원에 대한 재투자를 위한 종자돈이 필요한 것도 그 이유다.

중요한 것은 기업의 숙명은 시장에서 인정받아야 존재할 수 있고, 그래야 요즘 경영 화두인 ESG 경영도 가능하고 사회적으로 선한 기여도 지속할 수 있는 것이다.

"곳간 옆에서 인심 나온다."했다. 기업경영이 효율적이어야 하고 그 효율적인 결과물(이익)로 효율적으로 투입되고 산출되어야 하는 이유이기도 하다.

기업의 관리자의 역량과 소통스타일도 효율과 효과 면에서 살펴보자.

직원들에 대한 통제와 일사불란한 보고와 소통체계를 우선하는 관리자의 최선의 성과는 그가 이뤄내려는 최소의 성과만이 효과로 나올 뿐이다. 즉시 전력감으로 인정해서 뽑았든, 미래 비전을 함께 할 인연으로 보았든 직원들에 대한 믿음과 솔선하는 리더십을 보이는 관리자는 그 이상의 효율적인 성과를 보게 된다.

관리자는 사람됨을 기반으로 한 따뜻함과 엄정함을 동반해야 한다. 그 일(업무)을 왜 하는지에 대한 근본적인 이유와 핵심가치를 명확히 하고 그 일에 몰입할 수 있도록 온전한 소통에 몰두해야 하며, 구성원들이 어려워할 때는 동기부여와 성취욕을 추동시켜 주는 '멋짐'도 뿜뿜해야 한다.

월급이 한 달 치 '효과'라면, 더불어 첫 고객사에서 인정받은 꼼꼼한 이미지는 '효율'이고, 승진이 1년 치 '효과'라면, 동종업계에서 마스터급 평판을 얻은 나만의 브랜드는 '효율이'며, 자격증을 딴 것이 '효과'라면, 자격증을 준비하면서 통계에 대한 새로운 인식을 갖게 된 것은 '효율'이다.

그렇다면 어제 치과에 가서 스케일링한 것은 '효과'지만, 친절히 배려해 준 치위생사 덕에 치과 치료에 대한 거부감이 덜해진 것은 '효율'일 것 같다.

4

○○기업, ××부서보다 직무내용·역할에 집중하라

재미와 의미로 나만의 일거리 장착, 프로일잘러 성큼

청년 취업난의 진짜 원인은 어디에 있을까?

청년들의 눈높이만 미스매칭의 원인일까, 구인기업의 문제는 없는가?

취준생들이 하향 입사해도 취업률은 개선되지 않고 퇴사율만 더 증가하는 현상에 대해 진정 되돌릴 수 있는 해법은 없는 것일까?

'진로취업컨설팅'과 '취업지원사업'을 수행해 가는 업계 입장에서는 이를 설명할 수 있는 2개의 키워드가 있다. '구직활동력'과 '고용유지율'이다.

내가 무엇을 해야 할지라는 목표의 부재와 나 자신이 증발되어 버릴 것 같은 조직생활에 대한 거부감이 '구직활동력'을 떨어뜨리고, 그나마 취업자도 직무나 조직에 대한 이해 부족과 부적응으로 조기퇴사가 빈번해지면서 '고용유지율'이 감소하고 있는 것이다.

이에 지난해부터 정부 일자리정책의 방점이 '일 경험'에 꽂혔다. 새 정부의 일자리정책에서도 일 경험 관련 예산이 크게 늘었고, 정부의 대표적인 일자리 지원사업인 '국민취업지원제도'에도 일 경험 단계를 두어 체험형, 인턴형 일 경험 대상자 모집, 신청과 연계에 대한 평가비중을 올리고 있다.

IT 부문 직무경험 유도를 위한 'K-디지털 일자리사업', 강소기업, 청년벤처기업 등 정부 인증을 받은 기업을 대상으로 한 '미래 청년 인재 육성사업', 대기업과 협업을 통한 '채용연계형 인턴' 등 동시다발적 사업지원으로 '직무경험'을 통한 채용 연계와 일자리창출에 주력하고 있다.

직무 경험하려면 직무내용, 역할 제대로 보라

구직자를 상담하고 구인정보를 발굴하여 구인·구직을 연결하는 '진로취업컨설턴트'는 어떻게 대응해야 할까.

진로와 취업지원 관련 초기상담과 진단-구인정보 서칭과 분석-일자리 매칭, 취업실전 대비와 코칭-입사 후 조직과 직무적응 지원 등 단계별로 이슈 발생 등 생애 커리어 주기별로 구직자, 취업자의 중심에 늘 마인드닝되도록 지원해야 할 것이 바로 일자리가 아닌 일거리 매칭이다. 그 일거리는 기업이나 소속부서도 아니고, 직업도 아닌 '직무'와 '과업'이다.

신입 취업, 경력자 이직, 은퇴자 이직·전직 등 생애주기별로 진로와 취업, 이직·전직 상담에서도 반드시 우선 확인되어야 할 어젠다는 구직자의 희망 직무와 직무 경험이다. 그것이 구직자 주도의 잡이고 비즈니스로 자리잡아야 한다.

입직을 준비하는 취준생은 자기분석 내용 위에 '직무'와 '과업'이 놓여야 한다. 더 정확하게는 자신에게 맞는 '역할'에 집중해야 한다. 지금 하고 있는 일 자체가 스스로에게 '재미'와 '의미'가 있어야 한다. 자신의 적성과 기질에 맞는 역할이라면 직업적 흥미와 성취도도 높아지기 때문이다.

'재미'는 그 일을 수행하고 완성해 가는 과정에서 발생한다. 그 과정에서 그 일을 통한 자존감과 주도성을 느끼는 효능감으로 일을 지속해 갈 수 있다.

'의미'는 그 일의 완성과 결과 또는 영향력을 통해 자신의 정체성을 확인하는 것이다. 그래야 자기진로의 방향성을 확인하고 그다음을 전망해 보면서 커리어개발 경로와 비전을 구체화해 갈 수가 있다.

진로취업컨설턴트가 구직자와 매칭할 직무(내용)들을 채용공고와 모집내용들을 통해 살펴보자.

구직자 입장에서 서치하고 알아볼 수 있는 직무정보는 제한적일 수밖에 없다. 수시채용, 상시채용이 부쩍 늘고 직무경험자를 선호한다면서도 적잖은 기업들의 채용공고를 보면 직무내용에 대한 자세한 설명이 없거나 부족하다. 채용포털에서 본 올 하반기 채용공고들만 봐도 그렇다.

국내 코스메틱 회사의 채용공고 일부다.

▶모집부서 : 영업부,

▶담당업무 : 화장품 OEM/ODM,

OEM/ODM에서 어떤 과업이 있는지, B2B 영업에서 어떤 역할과 활동을 해야 하는지 알 수가 없다.

중견급 모 엔지니어링 회사의 채용공고다.

▶모집분야 : 공사/공무직

▶직무내용(담당업무) : 공사 및 원가 관리 물량산출, 견적 및 예산편성, 현장공무

그나마 코스메틱 회사보다는 직무내용이 구체적이지만, '견적 및 예산편성'의 경우 원가산정 및 기준설정, 예산요구, 자금계획, 예산과목 조정 등 구체적인 수행역할과 내용들까지 명시되진 않았다.

표3 〈직무분석과 NCS 분류체계 예시〉

Work			Job	Task & Role
직종 >	직군 >	직렬 >	직무 >	과업, 역할
직업을 구성하는 직무들의 집합	유사,유관 직무들의 집합	동일직군 내 유사, 유관 업무들의 집합	작업종류와 내용이 유사한 업무	작업목적 달성 위해 수행하는 활동
	관리직군,기술직군, 개발직군, 영업직군 외	영업관리, 영업기획, 고객관리		OA작업, 급여작업 시장조사 프리젠테이션
NCS 기반 직업상담원 직무수행 분류체계				
직업상담원	(중분류) 상담직군	(소분류) 직업상담 서비스	(세분류) 직업상담,취업알선 전직상담	(능력단위) 구인구직 상담, 직업정보관리,

모집부문은 채용기업이 설정한 잡이다.

모집부문에 덧붙여진 직무내용이나 담당업무를 자세히 살펴보아야 한다. 물론 그 문구들이 간단하거나 상세하지 못한 경우 NCS 직무기술서를 참조해 보라. 충분한 직무분석 체계와 더불어 세부 업무내용과 필요요건까지도 파악할 수 있을 것이다. 능력단위별 주요업무가 제시되어 있고, 주요업무별 수행내용까지 상세하게 명시되어 있기 때문에 직무정보에 대한 막연함은 충분히 해소할 수 있을 것이다.

표4 〈지방소재 공기업 2022 신입사원 NCS 기반 채용공고의 채용부문 중 일부〉

대분류	02. 경영·회계·사무		
중분류	01. 기획사무	02. 총무·인사	03. 재무·회계
소분류	01. 경영기획	02. 인사·조직	02. 회계
세분류	01. 경영기획	01. 인사	01. 회계·감사
능력단위	예산관리 경영실적분석 인력채용	인력채용 인력이동관리 임금관리	회계정보 시스템 운용 결산처리 자금관리

NCS 능력단위 요소, 직무기술서 등 직무파악에 꿀팁

문제는 구직자가 제시된 업무내용, 역할과 자신의 업무선호도가 어느 정도 부합되어야 하고, 해당직무의 역할과 과업에 대해 성향적 기질과 강점화될 수 있는 능력이 매칭되어야 한다는 점이다.

'진로취업컨설턴트'는 구직자가 기업에서 정한 모집부문(Job)에 맞추는 준비보다 해당 모집부문에서 요구하는 역할과 과업수행 행동이 가능한 준비된 역량을 입증하는 데 초점을 맞추도록 지원해 주어야 한다.

지원분야가 아닌 지원직무의 과업이나 역할에 맞는 입사준비가 되어야 한다는 뜻이다.

〈표3〉의 과업이나 역할이다. NCS 직무체계에서 〈표4〉의 능력단위에 해당되는 내용들이다.

진로취업컨설팅의 중·후반 상담은 구직자와 업무궁합이 맞는 직무내용, 역할 찾기가 핵심 의제가 되어야 한다. 구직자와 원활한 소통과 진단을 통해 상호 확인이 되었다면 구직자의 취업준비 수준과 경쟁력은 시간의 문제다. 기업과 잡에 대한 막연한 로망, 또는 불안감보다는 자기주도로 자신의 일거리와 역할을 찾았다면 그 과정에서 발생된 자유의지가 더 큰 동기부여와 에너지원이 되기 때문이다.

'진로취업컨설턴트'는 카운슬러가 아닌 컨설턴트다.

문제해결과 실천적 처방을 해주어야 하는 프로이면서 따뜻한 코치가 되어야 한다. 내담자의 평정심과 자신감을 북돋워 주는 코칭을 통해 워밍업과 마중물의 기능은 할 것이다. 중요한 것은 합의된 상담 프로세스에서 구직자가 끝까지 자신의 강점과 역량에 대한 집중력을 놓치지 않고 직무역할 탐색과 역량을 갖추어가도록 텐션을 유지해 주는 것임을 잊어서는 안된다. 그것이 '진로취업컨설턴트'의 첫 번째 존재의 이유다.

5

한국인의 의미 있는 삶에서 '직업'은 한참 후순위였다?

대체가능 역할 말고 나만의 '특별한 역할'에 몰입해 보라

물질적 풍요, 건강, 가족. 한국 사람들이 생각하는 '자신의 삶을 의미 있게 만드는 것 상위 3가지'란다. 돈과 건강이 최고이고, 나와 가족 중심의 의미를 최우선한다는 현상이다.

"당신의 삶을 의미 있게 만드는 것은 무엇입니까?"

지난해 미국의 여론 조사 기관인 '퓨리서치센터'(Pew Research Center)에서 경제 선진국 17개국 2만여 명의 사람들을 대상으로 '당신의 삶을 의미 있게 만드는 요소'에 대한 설문결과를 발표한 리포트가 한동안 화제가 됐는데 당분간 두고두고 곱씹어봐야 할 우리 세대의 자화상이다.

17개국 전체 응답자의 38%가 가장 의미 있는 요소로 '가족과 자녀'를 꼽았다. 2위 직업(25%), 3위 물질적 풍요(19%), 4위 친구와 커뮤니티(18%), 5위 건강(17%), 6위 사회(14%), 7위 자유와 독립(12%), 8위 취미(10%), 9위 교육(5%) 등의 순으로 나타났다.

요즘 전세계 사람들은 가족과 직업, 돈과 친구, 건강을 가장 중요시한다는 의미다.

표5 〈당신의 삶을 의미 있게 만드는 것 / 퓨리서치센터〉

	1st choice	2nd	3rd	4th	5th
Australia	Family	Occupation	Friends	Material well-being	Society
New Zealand	Family	Occupation	Friends	Material well-being	Society
Sweden	Family	Occupation	Friends	Material well-being / Health	
France	Family	Occupation	Health	Material well-being	Friends
Greece	Family	Occupation	Health	Friends	Hobbies
Germany	Family	Occupation / Health		Material well-being / Positive	
Canada	Family	Occupation	Material well-being	Friends	Society
Singapore	Family	Occupation	Society	Material well-being	Friends
Italy	Family / Occupation		Material well-being	Health	Friends
Netherlands	Family	Material well-being	Health	Friends	Occupation
Belgium	Family	Material well-being	Occupation	Health	Friends
Japan	Family	Material well-being	Occupation / Health		Hobbies
UK	Family	Friends	Hobbies	Occupation	Health
U.S.	Family	Friends	Material well-being	Occupation	Faith
Spain	Health	Material well-being	Occupation	Family	Society
South Korea	Material well-being	Health	Family	General Positive	Society / Freedom
Taiwan	Society	Material well-being	Family	Freedom	Hobbies

"What Makes Life Meaningful? Views From 17 Advanced Economies"
PEW RESEARCH CENTER

그런데 국내 언론에서 주목했던 것은 한국의 조사 대상자들은 선진국들과 달리 '물질적 풍요'를 가장 먼저 꼽았다는 대목이었다. 그다음이 '건강' 그리고 '가족' 순이었다. 일각에서는 '가족'과 '직업', '친구'에 대해서는 우리가 다른 나라 사람들에 비해서 상대적으로 소홀하다는 분석도 곁들였다.

필자는 다른 지점에 꽂혔다. '직업'이 7위에 랭크된 점이다. 내 삶을 의미 있게 만드는 것인데도 말이다. 17개국 중에 9개국에서 '직업'이 1, 2위에 랭크됐고, 5위권 안에도 들지 못하는 나라는 한국, 대만이 유이했다. 내 인생을 가치 있게 만드는 것들은 내 의지와 노력만으로 안되거나 어려운 것들이 대부분이다. 돈과 가족, 친구, 사회 등은 특히 그렇다. '직업'과 '건강'은 내 의지와 노력으로 성취하고 유지해 갈 수 있고, 앞의 4가지 요소들을 떠받칠 수 있는 중요한 동력이기도 하는 데 말이다.

1인기업-스타트업-유니콘기업 등 유명세를 타고 있는 젊은 CEO까지는 아니더라도 주위에 자기중심, 자기주도로 취업을 준비하고, 창업의 길에 들어서는 직장인과 비즈니스맨들이 늘고 있다.

대학 진학이라는 학벌 대신 '조미료 없는 떡' 납품사업에 뛰어든 19세 청춘, 취업박람회에서 참여기업 구인담당자에게 직원 회의록 작성과 공유 '앱'을 홍보하고 자신의 비전까지 설득한 후 최종면접까지 가서 취업에 성공한 취준생, 주류영업 중간관리자로서 실적관리와 조직관리 경험을 토대로 대학원에 진학하여 '구성원들의 정서와 실적향상'이란 주제의 논문으로 학술지에 등재되고 '00연구원'으로 전직한 초로의 임원도 있다. 이들은 변화와 전혀 새로운 도전이라는 험난함과 두려움을 극복해 갈 수 있는 강한 동기와 기세로, 또한 기대와 즐거움으로 과감하게 뛰어든 사람들이다.

사람은 누구든 저마다의 자유의지와 동기가 있고, 잉여인간이 아닌 고유의 재능과 에너지로 누군가에게 선한 영향력과 존재감을 느끼고 싶어 한다.

그러나 한국의 취준생, 직장인, 이·전직을 앞두고 있는 모든 구직자들의 현실은 암울하다. 졸업을 앞두고도 자소서 한 장 써내기 힘들고, 하고 싶은 일이 없으니 목표도 안 생긴다는 취준생, 지원분야에 대한 동기나 비전도 없는 취준생, 직무도 마음에 안 들고 실적과 근태만 감시하는 조직을 벗어나고 싶은 직장인, 그저 은퇴시점까지 무탈하게 가보려는 시한부 직장인들까지 모두가 어쩌면 의미 있는 삶을 만들 상위 요소로 지목한 '물질'과 '가족' 때문에 삶에서 진짜 중요한 '직업'을 희생시키고 있다면 너무 비참한 비약일까!

불안함은 주도성 회복, 동기로 극복하고

작은 실행부터 끝까지 해보도록 조력해야

이 시대의 '진로취업컨설턴트'들의 역할은 이 지점에서 다시 시작되어야 한다. 내적 욕구와 현실적 장애들, 잠재된 능력과 단절된 의지들, 나만의 로망과 주변의 시선 등 이런 부조화, 이들 마음의 갭을 극복하고 해소해 갈 수 있도록 조력해 주어야 한다.

특히 첫 입직을 앞두고 표류하듯 방황하는 취준생들이 의외로 많다. 자신의 미래에 대한 고민이 깊어짐에도 당장 취업이라는 프레임에 갇힐 것 같은 느낌, 취업을 미루고 더 경험하고 공부해 보자니 그 방향성도 모호하고, 현실적으로 주변 친구들은 취업, 창업, 진학 등 뭔가 준비된 움직임을 보이는데 자신은 교착상태에 빠진 듯한 상대적 위기감들을 느끼고 있다.

'진로취업컨설턴트'의 역할이 중요한 이유는 이들이 힘들어하는 지점에서의 현실적 이해와 상호작용 자체가 그들을 일으키고, 구인·구직 현장기반의 맞춤 매칭과 그 과정에서의 통찰력과 문제해결력을 갖고 있기 때문이다. "나도 다 겪어봐서 안다."는 기성세대의 개입은 지금 세대에겐 어떤 동기도 되지 못한다.

내재된 욕구와 드러내지 못하는 갈등을 자신감과 확신으로 바꾸어 주는 '코칭'과 이들의 비전과 동기를 특정해 주고 작은 실행부터 해보도록 하는 '지지 컨설팅'이 필요하다. 일과 나의 케미를 빨리 확인해 보려면 주어진 업무에서 자신의 선택과 몰입으로 제한적 역할에 몰입해보게 한다. 그 몰입이 지속되면 특정한 역할까지 추가해 보면서 일의 의미와 방향성까지 찾아갈 수 있다.

이들이 직업적 성년으로, 나아가 지속가능한 n잡러로 스스로 성장해 갈 수 있도록 말이다

이를 위한 '진로취업컨설턴트'의 컨설팅의 키워드는 딱 두 가지다. 구직고객이 스스로 '주도성'과 '지속성'을 갖게 하는 것이다. 이것만 가능해도 '진로취업컨설팅'은 이미 성공한 것이고 그 효과도 배가된다. 이 두 가지는 구직고객의 진로설정, 커리어로드맵이라는 큰 방향성 설정, 직무능력, 취업준비, 경력개발 등 단계별 준비 등을 제대로 할 수 있는 동력이고 원천이기 때문이다.

'주도성'과 '지속성'은 동전의 양면처럼 함께 존재하고 병행되어야 빛을 본다. '진로취업컨설턴트'나 '구직고객' 모두 상호 간에 성취감과 효능감을 체감하게 된다.

'주도성'은 '변화 가능성'을 담보한다. 주변에서 흔히 보듯 사람은 정말 변하기 어렵다. 그럼에도 두 가지 경우엔 바뀌기도 한다. 죽을 뻔하거나 모든 걸 잃을 위기에 처하는 등 또다시 발생하기 어려운 강렬한 경험을 한 사람은 크게 바뀌기도 한다.

또 하나 중요한 변화의 계기는 변화에 대한 수용성과 인내심을 바탕으로 자신을 바꾸려고 의도된 노력을 꾸준히 하는 사람은 무엇이든 바꿀 수 있다. 다만 최소기준 이상의 시간을 지속해야 한다. 자신의 진로를 운에 맡기지 않고 자기주도적으로 지속적으로 해나

가는 것이 진정한 변화의 시작임을 체감해 본 사람들은 이미 그 에너지를 갖고 있다.

국내 대세 댄서로서 댄스 크루 〈훅〉의 리더인 '아이키'는 20대 초반에 결혼했다. 그는 〈훅〉의 멤버들이 "배우자 이상형이 지금의 남편이었냐?"는 질문에 망설이지 않고 "그렇다."고 답했다.

"서로의 마음을 이미 알고 있었고, 미래를 함께할 그 사람이 곧 내 이상형이 된 거야!"

내가 그리는 이상형보다 내가 좋은, 내 마음이 가닿은 상대방을 자신의 이상형으로 규정했다는 것이다. 이것 또한 가장 아름다운 주도성이 아닐까!

CHAPTER 06

취업체인저, 진로취업컨설턴트의 4가지 역량

01
컨설팅·코칭역량

02
구직자 중심 소통

03
구인기업 & 직무역량 집중

04
노동시장 이해 & 잡매칭

intro

'진로취업컨설팅'은 사람 + 일거리 × '의미·가치'에 있다

'내 직장'이 아닌 '내 일'로 인식해야

"너 커서 뭐가 될래?"

"너는 장래에 무슨 일을 하고 싶니?"

우리가 어렸을 때 많이 들어왔던 인사 다음의 덕담처럼 되받았던 질문들이다. 그렇게 자란 세대가 지금도 그들의 주니어에게 그런 질문을 되풀이하기도 한다.

장래 직업이든, 사업이든 사람은 포부가 있어야 하고, 목표가 뚜렷해야 한다는 이데올로기적 가치관을 강요받은 세대가 지금의 기성세대다. 자기의 꿈과 비전이 불명확하거나 없다면 의지박약이나 주체성이 떨어질 것이라는 저마다의 집단인식도 있었다.

그럴 수밖에 없는 게 필자의 학창시절, 담임 선생님이 반 평균점

수가 뒤처진 성적표들보시고는 "도대체 같은 내용을 같은 교실에서 똑같이 가르치는데 왜 여기서 일등과 꼴찌가 이렇게 차이가 나는 건지 정말 이해가 안된다."며 넋두리하듯 말씀하셨던 기억이 생생하다. 당시엔 나도 "정말 왜 그러지?"라는 생각을 할 정도였으니 말이다.

저마다 고유의 기질과 성향이 있고, 탁월한 능력과 탤런트가 다르고, 성장과정과 환경에서 파생되는 습성과 가치관이 제각각이다. 동기요인과 에너지도 다르다. 심지어 잠재력의 여부나 촉발시점은 아예 모를 수도 있거늘.

"하고 싶은 일을 해라.", "자기에게 맞는 일을 찾아라."라는 사회적 공감대는 이제 일반화되었다. 중요한 것은 '직업'의 개념이 '직장'이 아닌 '일'로 인식된다는 점이다.

'Workplace'가 아닌 'Job'을 말하는 것이다.

미래학자 토머스 프레이는 "직장(Workplace)이 아니라 프로젝트(Business, Work)의 시대가 온다."고 일찌감치 예견한 바 있다. 여기에 한 가지 더 주목해 볼 내용이 있다. 성장과정에서 크고 작은 결정과 선택을 해야 하는 시기가 온다. 이때 자기중심의 의연한 판단을 위해 선택지를 제한하지 말고 스스로 그 가능성을 넓혀 가도록 자기긍정의 수용성을 높여가야 한다. 꼭 한 사람, 하나의 직업만 특정하지 않아도 된다. 자신이 얼마든지 여러 사람이 될 수 있다고 말이다.

평생직장에서 이미 5~6개의 직업을 갖고 일하는 시대로 넘어갔고, 이제는 평생 수십 개의 프로젝트 수행시대로 접어든 것이다. 자신이 할 수 있는 일 중심의 포트폴리오 정비가 그래서 필요하다. 일자리가 아닌 일거리 시대다. 내 자리, 책상을 달라는 것이 아닌, 당장 할 일과 갈 곳(현장)을 알려달라고 해야 한다. 회사들은 이제 해외 마케팅 담당이나 영업팀장을 찾지 않는다. 대신 중국 OO시 OO 현장에서 1년 6개월간 시공 감독할 경력자를 찾는 식이다.

표6 〈일자리 시대 & 일거리 시대〉

	일자리 시대	일거리 시대	일거리 매칭 특징
역할	아는 것, 기존조직에서 하는 것	할 수 있는 일, 향후조직에서 필요한 역할	유연성, 확장성
과업	주어진 과업 수행	프로젝트 수행, 셀프목표/성과 달성	개인역량+팀워크

한국경제연구원이 실시한「2021년 대학생 취업인식도 조사(2021. 10.)에서 대학생 10명 중 6~7명(65.3%)이 '사실상 구직 단념'이라는 보도가 있었다.

적극적으로 구직활동을 하지 않는 이유로는 ① 자신의 역량, 기술, 지식 등이 부족해 더 준비하기 위해(64.9%)라는 응답이 가장 많았고, 이어 ② 전공, 관심분야 일자리가 부족해서(10.7%), ③ 구직활동을 해도 일자리를 구하지 못할 것 같아서(7.6%), ④ 적합한 임금수준이나 근로조건을 갖춘 일자리가 부족해서(4.8%) 등의 순으로 조사

되었다.

위의 이유들을 진로취업컨설팅 역할 측면에서 분류해 보았다.

① '자신의 역량을 더 키운다'라는 것은 구직자(사람)의 문제이고,

② '관심분야 일자리가 부족한 것'은 노동시장 이슈이고,

③ '일자리를 구하지 못할 것'이라는 우려는 코칭이나 컨설팅의 역할이 필요한 부분이다.

④ '적합한 임금이나 근로조건을 갖춘 일자리가 부족하다'는 것은 (구직자 입장이지만) 기업, 즉 구인자의 문제인 것이다.

대한민국 '진로취업컨설턴트'에게 필수적으로 요구되는 역량이 보이는가.

일자리 불균형과 미스매칭을 해소하고, 구직자들이 일을 통해 자존감과 비전을 품어갈 수 있도록 이 시대의 '진로취업컨설턴트'의 소명이자 핵심 미션들이기도 하다.

1. 컨설팅 능력을 기반으로 2. 사람(구직자) **이해와 관심도를 유지하면서 3. 기업**(구인자) **일거리 발굴 및 분석을 토대로 4. 최적화된 일거리 매칭**이 핵심역량이고 역할이다.

#1. 컨설팅·코칭역량

진로취업에 대한 컨설팅은 고객의 진짜 욕구를 얼마나 심도 있

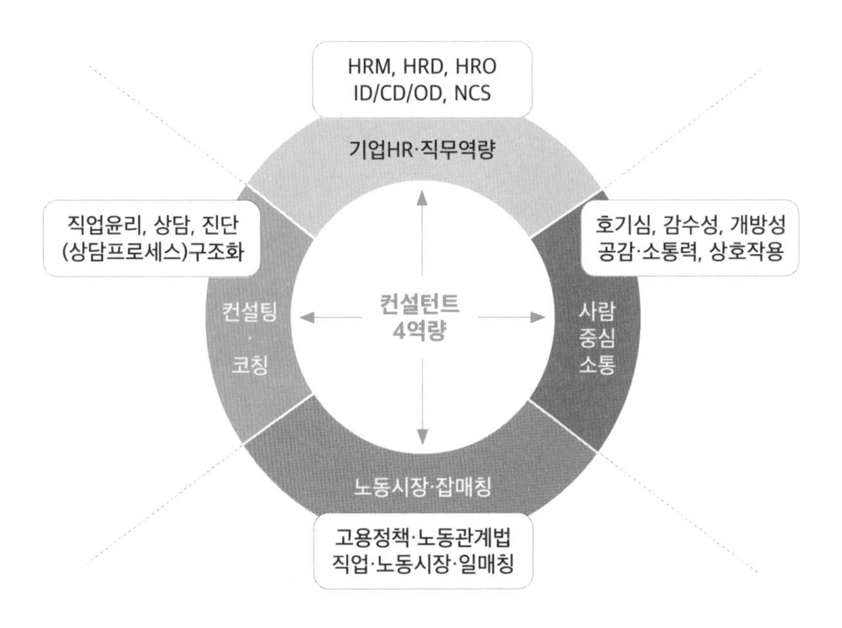

진로취업컨설턴트 4가지 핵심역량

게, 정확하게 파악하는지가 가장 우선적인 능력이자 덕목이다.

고객의 숨은 욕구, 2차 욕구, 내면의 욕구를 직시해야 고객의 진짜 동기와 실행력을 끄집어낼 수 있기 때문이다. 각종 진단이나 코칭기법도 필요한 능력이지만, 무엇보다 내담 고객에 대한 온전한 이해와 몰입이 유지되어야 한다. 이는 고객에 대한 감수성이 내재되어야 가능하다.

고객이 밝히지 않는 고민이나 이슈를 열게 하고, 또는 고객이 선뜻 내민 이슈에 최적화된 솔루션을 찾기에 앞서 그 이슈에 충분히 공감하고 내 편으로 들어와 주는, 즉 고객의 동행자가 될 수 있다는 인식을 심어주어야 한다. 그래야 다음 단계의 행동이나 확장된 수행과제를 설정하고 독려하면서 그 고객의 진짜 동기와 탤런트를 성찰해 갈 수 있다.

고객 맞춤형 구조화 상담, 코칭 적용, 고객관계 강화 등도 가능해진다. 또한 글과 문서를 통해 컨설팅 단계별로 진행되고 구체화되는 내용들을 상호 동의하에 정리해 둠으로써 컨설팅 진행과 함께 자신의 진전을 교감해 가면서 컨설턴트에 대한 신뢰로 이어질 수 있다. 쉽게 풀어쓰고, 그림이나 이미지로 나타내 보고, 보는 사람이 바로 알 수 있도록 기획, 구성해서 이해도를 높이는 능력까지 갖춘다면 컨설팅 비즈니스나 약정 계약에서 당연히 주도적인 셀럽이 될 수 있을 것이다.

#2. 사람(구직자) 중심 소통

'진로취업컨설턴트'와 내담고객은 마주 보는 것보다 한 방향을 보고 가야 하는 관계다.책임과 역할이 분명한 조직 구성원 같은 제한된 관계도 아니고, 알고 지내 온 선후배처럼 익숙한 관계도 아니다. 자신의 문제를 한 방에 해소해 줄 일타강사는 더더욱 아니다.

함께 밀당하며 다루어 갈 주제도, 타로점이나 그날 운세도 아닌, 자신의 진로와 취업의 문제다. 고객 인생의 큰 변곡점이 될 수도 있고, 생애 전환을 맞을 수 있는 문제를 다루기도 한다.

'진로취업컨설턴트'는 사람에 대한 탐구와 호기심을 기반으로 다양한 문제나 이슈에 대한 수용성이 유지되어야 한다. 그래야 그 고객이 재미와 의미를 생각하는 지점을 함께 발견하고, 그 사람의 정체성과 자존감에 접근해 갈 수 있다. 이는 컨설팅이 거듭될수록 진심 어린 공감과 소통이 가능해지기 위한 필수조건이다.

왜냐하면 반대급부를 기대하고 방문한 고객은 자신의 자존감 확보와 컨설턴트의 전문성이 확인되어야 관계를 유지해 가려 한다. 고객들은 확보된 자신의 정체성과 자존감과 더불어 꾸준히 신뢰가 가는 컨설턴트를 보면서 취업이나 진로 관련 방향을 설정하고 구체적인 노력으로 이어가기 때문이다. 고객과 동행마인드가 그래서 중요하다. 그만큼 철저히 사적인 컨설팅이고 비즈니스다.

#3. 구인기업 & 직무역량 집중

코로나19라는 전대미문의 변수로 인해 기업체에서 맞은 가장 급격한 변화는 채용패턴이다. 채용설명회부터 입사전형 단계까지 온라인, 모바일을 넘어 SNS와 가상공간까지 넘나드는 새로운 채용 방식과 스토리들이 일반화되고 있다.

그러나 우리가 정작 놓치지 말고 냉정하게 보아야 하는 것은 기업의 채용속성이 바뀌고 있다는 점이다.

채용의 속성변화의 첫 번째는 수시채용, 상시채용이다. 공채가 사라져 간다는 건 채용을 줄이겠다는 의도 외에도 본사보다 현장

주도의 채용모드로 간다는 얘기다.

두 번째는 기업에서 필요로 하는 소요 자원이 아닌 기업을 가치 있게 만드는 핵심자원을 찾는 것이다. 즉, 경쟁우위보다는 고유의 탤런트와 에너지를 본다는 뜻이다.

세 번째는 기업에서 키울 인재와 사들일 인재 유형이 명확해진다. 비정규직이나 임시직도 여기에서 파생되고 그 비중도 늘 것이다. 이제는 최고의 인재보다 최적의 인재를 선호한다. 정해진 분야에서의 숙련가보다는 가치와 질을 높이는 비즈니스 마스터를 우선 찾으려한다. 업·직종별로 기업규모, 연차에 따른 정도의 차이만 있을 뿐 이런 흐름은 더욱 거세질 것이다. '진로취업컨설턴트'들은 채용 트렌드가 아닌 채용기준의 변화와 그 배경을 특히 주목해야 한다.

#4. 노동시장 이해 & 잡매칭

의미와 가치를 함께하는 공동체와 개인주의가 공존하는 시대라 한다.

보장받고 싶은 자신만의 시·공간을 원하면서도 고립감은 느끼고 싶지 않은 이중적이고 개인화된 욕구에 대응할 신뢰감 있는 전문가의 도움이 긴요해졌다. 현대 전문가의 개념은 지식과 경험이 유통되는 시대에 '문제해결력'을 갖춘 사람이라고 한다.

이미 일상으로 파고든 배달문화를 비롯한 일상의 문제나 중요한 사안까지 대리 또는 대행해 줄 플랫폼 비즈니스도 그렇다고 본다. 비즈니스의 개념 자체가 단순히 플랫폼 중개를 통해 돈을 버는 개념보다는 부여된 문제를 해결하고 처리해 줌으로써 선하고 깊은 영향을 끼친다는 점이다.

이제 정년이 보장되는 정규직이 정말 그럴지, 임금과 복리후생이 갑인 대기업, 공기업이 정말 자신에게 무한정 최상일 것인지, 누구나 알아주는 기업에 근무해서 자신도 진짜 훌륭한 인재인지, 존재감 없이 눈치 보다가 칼퇴근하는 것이 진정한 워라밸이라고 자신하는 사람은 많지 않을 것이다.

반면 계약직이지만 진짜 재미와 비전을 보고 야근을 밥 먹듯 하는 것이 정말 우울한 자화상인지, 아무도 찾아올 것 같지 않은 산골에 책방과 힐링숍을 차려놓고 매일같이 SNS 구독자와 소통하며 오프라인 랑데부를 위한 웰컴메뉴에 골몰하는 것이 희망 고문일까.

저마다의 가치와 의미를 소환하여 '다시 생각'해 볼 시점이 왔다. '진로취업컨설턴트'가 거기에 있어야 한다.

생애주기에서 맞닥뜨린 중요한 결정은 누구에게나 오기 마련이다. 중요한 선택의 시기에 결정하고, 시작하고, 변화해야 하는 사람들과 함께 문제를 해결해 갈 수 있는 '진로취업컨설턴트'는 그래서 우리 사회의 소중한 자원이다.

01 컨설팅·코칭 역량

감수성 대장이 소통과 통찰력도 짱!

1

이해 넘어 감정과 정서 공감하는 감수성

'역지사지' 안되는 '감정 불구자'는 금물

"정부는 청년들이 겪는 어려움을 공감하고 기존 대책을 넘어서는 특단의 대책을 강구하라." 집권 5년 차를 앞둔 2021년 4월 국무회의를 주재하던 문재인 대통령의 주문이었다.

서울시와 부산시 등 재보선 참패 후의 첫 일성이다. 20~30대 젊은 층이 돌아섰다는 위기감의 발로일 수도 있으나 항상 문제는 타이밍이고 표현방식이었다.

10%에 육박하는 청년실업률, 전체 실업률의 2배를 웃돌고 IT, 바이오, 콘텐츠, 반도체 업종들이 호황을 누려도 고용 창출은 안 되고 스타트업, 서비스업들은 코로나 감염과 각종 규제로 허덕이고, 노동조합은 그들의 기득권만 지키려고 하는 거 같고. 생각이 여기까지 미치다 보니 필자는 대통령 지시 워딩 중에 맨 앞부분의 '청년

들이 겪는 어려움을 공감하고'에 집중했다. VIP에게서 공감이라는 말이 나온 건 그동안엔 공감을 하지 않고 정책과 제도를 만들고 시행했었다는 말인가?

이미 답은 '청년', '문대통령', '눈물'로 도배됐던 2019년 4월 2일자 조간신문에 있었다. 전날 청와대에서 열린 시민단체 초청간담회에서 한 청년단체 대표의 발언이 화제가 됐다. 그 청년대표는 "우리 세대는 숙의할 시간도 부족했고, 자신들이 직접 실천하기 위한 자원도 부족하다."는 내용을 토로하다가 울컥해서 제대로 발언을 잇지 못했다. 잠시 감정을 추스린 청년대표는 "더 많은 이야기를 준비했는데 못하겠다. 결국 대통령께서 이런 것들을 직접 챙겨주셨으면 좋겠다."고 겨우 발언을 마무리했다는 인터뷰 기사였다.

야당이나 호사가들 사이에선 청년대표가 못다 한 이야기가 무엇인지보다 금세 문재인 정부에 대한 날선 비판들로 나타났다. 되레 그 청년대표가 후기 인터뷰에서 "현 정부를 탓하는 게 아니다. 정치인이나 사회제도들이 오랫동안 청년들이 처한 환경을 이해하지 못하고 정치적인 소재나 편의적인 방식으로만 답습해 왔던 것들에 대해 절박하게 내던지고 싶은 메시지였다."고 밝혔다. 3년이 훌쩍 지난 지금, 아무도 그때 그의 흐느끼는 외침을, 그 속 터지는 통한을 기억이나 하고 있는지 안타깝다. 당시 청와대 사회수석 비서관이 “청년정책은 내가 맡고 있으니 자주 소통하자.”는 말을 했다는데, 책임 있는 후속 조치를 들어본 적이 없다.

대통령이 강조한 청년들의 어려움에 대한 공감이 없다 보니 어찌 기존 대책을 넘어서는 대책이 나오겠는가. 한 치의 애정도 남아있지 않은 남녀에게 서로 희생하며 참고 살라는 가혹한 덕담과 무엇이 다른가 말이다.

진로취업 상담을 하다 보면 그 사람의 정체성과도 만나게 된다. 철저히 개인적이고 사적인 상호작용에서 출발하고 맺음된다. 때문에 구직고객을 진심으로 이해하고 존중하는 마음을 구체적으로 표현하고, 고객을 진심으로 대하며 그의 이야기에 동화되어야 한다.

특히 처음 대면하는 초기상담부터 고객의 어색한 마음을 이해하고, 염려가 오래가지 않도록 배려하고 행동해야 한다. 낯선 사람을 경계하는 것은 사람의 본성이다. 그것을 풀어가는 방식의 가장 중요한 단초는 ‘신뢰감’과 ‘기대감’이다.

진로취업컨설턴트의 옷차림은 매번 정장까지는 아니어도 깔끔·단정하고, 말투도 충분히 의식하면서 정돈되게 표현하는 습관을 가져야 한다. 바로 신뢰감이다.

상담과정에서도 방문한 구직자의 정서와 마음을 최대한 배려하는 말들을 건네야 한다.내담자의 말과 반응을 충분히 경청함은 물론, 그의 표정과 눈빛을 통해 그 감정과 정서를 느끼고 그 안에 들어가야 한다. 이해보다 공감이고, 온전한 역지사지가 되어야 한다. 그래야 내담자의 마음이 열린다. 나를 인정하고 수용해 주는 상담사에게 친근함과 기대감을 갖는 것은 인지상정이다.

처음 본 컨설턴트에게 최소한의 신뢰와 기대감을 느끼게 만들어야 다음 차시 상담에 그를 또 볼 수 있기 때문이다. 그에 대한 진정성이나 전문성 발휘는 그다음 문제다.

최근 취업지원과 구직촉진 수당을 동시에 받을 수 있는 구직고객들을 맞고 있다. '진로취업컨설턴트'라면 방문고객들이 금전적 혜택을 받을 수 있도록 하는 필요한 조치도 중요하지만, 초기 3회 상담 차시까지 '진로'와 '취업'에 대한 현실적인 직면과 동기부여를 해주어야 한다. 그러기 위해서는 현실에 대한 이해보다는 자신에 대한 인정과 공감을 제대로 해야 한다. 따뜻한 인정과 격려로 크고 작은 과거의 상처와 힘든 기억을 충분히 공감해 주고, 자신을 포용할 수 있도록 격려해 줘야 한다. 그러고 나서 담담한 자기성찰을 통해 자신의 취약한 상황, 요인들을 자각하도록 해준다. 이런 절차들이 선행되어야 작은 시도라도, 더디더라도 스스로 자신을 바로 세우려 한다. 그리고 자기 의지로 취업준비의 동력을 확보해 보려는 의욕을 드러낸다.

#1. 구직활동을 증빙할 수 있는 효과적인 방법을 선별해 알려주었더니 은근

히 강요한다고 불만을 표하던 구직고객이었다. 그 신청이 잘 처리되어야 향후 1:1 구직상담이 병행될 수 있다고 설득했다. 그랬더니 구직을 준비하면서 자신은 어려울 거 같다. 그냥 지원금 받고 알바 2~3개 뛰면 된다면서 체념해버린 그에게 물었다.

"○○ 씨가 취업이 안 될 거라는 것은 누구의 기준으로 판단하신 거예요?"

그는 말이 없었다.

이틀 뒤 그에게서 연락이 왔다. 가까운 주민센터 한번 가보지 않았다는 사람이 고용센터로, 직업훈련학원으로 다니면서 서류 작성, 접수까지 마치고 확인전화도 준 것이다.

[해결포인트] 지금 고객에게 팔아야 할 물건이나 서비스 행위보다는 고객의 마음과 욕구에 집중해야 한다. 그 고객이 자신을 제대로 보고 인정할 수 있도록 직면시켜 주어야 한다. 상담을 통해 얻어갈 혜택보다는 지금 이 상담 자체가 충분히 즐겁고 유익했다는 인식을 갖도록 지금 이 자리, 이 대화의 온전한 상호작용에 집중한 것이다.

#2. 진로취업에 대한 자기고민보다는 구직수당만 잘 챙겨달라는 고객에게 디자인 포트폴리오 작업과 그 결과물을 계속 보여주고 그의 흥미를 연결해 주었더니, 그 직종의 구인정보를 찾으면 가장 먼저 연락을 해달라고 한다.

[해결포인트] 시간을 두고 정교하게 고객의 속마음을 알아차리되

진심 어린 말과 확신에 찬 표정을 유지해야 한다. 자기감정을 알아채고 그 원인이 어디에서 왔는지, 외부의 자극을 어떻게 받아들이는지 스스로 알아챌 수 있도록 해본다. 환경적 요인에서 비롯된 부정적인 감정(트라우마 같은)은 깊고 오래 가지만, 좋아하는 것은 시간과 환경에 따라 얼마든지 달라지기 때문이다.

#3. 학교를 포기하려고 잠깐 다녔던 브런치 카페 알바. 홀 서빙을 하면서 재방문 고객을 대상으로 한 이벤트를 직접 도맡다가 은근이 느꼈던 "나 좀 하는데!"라는 감정이 나만의 강점과 달란트로 명확히 잡히기도 한다. 중요한 것은 그 순간의 성찰이 자신만의 '별의 순간', 즉 나만의 효능감을 분명하게 느끼는 터닝포인트가 된다는 점이다.

[해결스토리] "거봐요, ○○ 씨는 그것을 잘해요, 처음 상담 때 ○○ 씨가 했던 말이 기억나요?" (고객이 급 궁금해한다.) "저하고 상담하시다가 표정이 확 바뀌면서 했던 말이에요. 그러고 보면 ○○ 씨는 그런 일에 최적화되어 있는 거 같아요"

"그게 뭔데요?"라며 다가앉는 고객에게) 잠깐의 공백을 두고 또박또박 들려준다.

"○○ 씨는 메모와 리액션에서는 국대급이에요."

"저는 그냥 그게 습관이고 그렇게 해야 편했거든요. 리액션이 과해서 민폐가 될지 모른다 생각했고요."

“천만에요, 브런치 카페 사장님도 엄지척해 주셨다면서요, ○○ 씨의 리액션이 얼마나 분위기를 업시키고 주변에 에너지를 주는지 모르죠. 그 리액션 때문에 상대방이 좋아하는 경험이 훨씬 더 많았잖아요.”

고객들은 처음부터 진심을 말하지 않는다. 어쩌면 본인 자신도 진심이 뭔지 모르는 경우도 있다. 돌려 말하는 우리 민족의 특성이기도 하다. 처음 보는 사이엔 더 말할 것도 없고, 개인적인 문제나 이슈엔 더욱 민감할 수밖에 없다. 1:1 상담에선 부정적인 고객, 말과는 다른 속뜻, 그들의 드러나지 않는 욕망에 주목하고 공감해야 한다.

‘진로취업컨설턴트’들의 감수성과 통찰력이 고객의 미래를 관통하는 핵심역량이다. 이제 그대들만의 따뜻한 인정만큼 아주 차가운 용기가 필요하다.

2

글로 써봐야 보이는 것들

메모를 취합–분류–정리하다 보면 스스로 깨닫는 것들

3~4년 전 〈하버드·MIT 졸업생들의 고백〉이 페이스북 등 SNS에서 화제가 됐다. 미국 하버드 대·매사추세츠 공대(MIT) 졸업생들에게 "당신이 현재 하는 일 중에서 제일 중요한 것", "대학 시절 가장 도움이 된 수업"을 묻자 대다수가 답했다는 ○○○.

당시 미국 내 대부분의 대학은 '○○○센터'를 통해 학부교육의 선수과목처럼 운영하고 있다고 소개했다.

○○○을 좋아하는 '버락 오바마'는 대통령 재임시절 연설문이나 발표문 등은 직접 작성했다고 한다. ○○○가 그의 정치 경쟁력이라고 알려졌다. 김대중 전 대통령은 재야시절 감옥 안에서 쓴 육필수기가 ○○○ 습관에서 비롯된 것이라 한다. 찢겨나간 종이 한 쪽에 빼곡이 써 내려간 그의 절절하면서도 담백한 옥중 편지는 지

금도 OOO의 레전드급으로 소개된다. 충분히 짐작했겠지만 '글쓰기'다.

'진로취업컨설턴트'는 마음이 부지런해야 한다.

사람에 대한 호기심을 기반으로 깊은 이해와 배려가 배어있어야 한다. 내담한 구직고객들에게 진로설계, 취업준비와 관련된 새로운 정보와 방법만 알려주는 역할을 하겠다면 온라인 검색 능력만 있으면 된다. 생각과 사색이 필요 없다. 그냥 직관적으로 더 많은 채널이나 플랫폼, 내부 네트워킹을 통하면 가능한 부분들이다.

컨설턴트는 정보제공자나 코디가 아니다. 말 그대로 '컨설턴트'다. 자기 인정과 파악의 근거를 제시해 주고, 동기부여가 됐다면 실행할 수 있는 자극과 솔루션을 고객에게 제시할 수 있어야 한다. 그리고 그것들을 수용하게 하고 자기주도로 해나가도록 지속적인 독려를 해주어야 한다. 때문에 컨설턴트는 고객들에게 아주 조심스러운 변화관리와 생소한 도전에 나서게 하고, 새로운 시도에 대한 거부감이나 두려움을 덜어내도록 지원해 주어야 한다. 그래서 컨설턴트들은 마음이 부지런해야 한다는 것이다.

고객의 마음 안에 들어가 그들 마음에서 일렁이는 욕구와 떨쳐내지 못하는 부담, 스스로를 지키고 싶은 본능이나 요동치는 에너지와 자신감을 찾아주어야 한다. 그래야 컨설팅을 통한 상호작용과 동기부여를 통한 실행력이 커지기 때문이다.

컨설턴트의 글쓰기 습관이 필수적이고 기본이 되는 이유가 그 지점에 있다.

부지런한 사람이 글쓰기를 잘한다고 한다. 마음이 부지런하고 생각이 많은 컨설턴트라면 충분히 공감이 가는 메시지일 것이다.

정신노동이 두려워 게으름을 피우게 되면 만족스러운 글을 쓸 수 없다. 글쓰기가 습관이 되고 일정한 루틴에 이르기 위해서는 어떤 분야든 주제에 대한 충분한 생각과 고민이 익어야 하고 각종 보고서, 자료 또는 동영상 사례집까지 유형을 가리지 말고 꾸준히 접해 보아야 한다. 관련된 세미나, 발표회 또는 전문가들과의 교류나 모임은 더 없는 배움과 성찰의 모멘텀이 된다. 그 과정 속에서 새로운 정보, 새롭게 자각한 내용, 자신의 생각을 통한 깨우침의 순간, 누군가와 나누고 싶은 메시지는 그때그때 메모해 둔다.(요즘 모바일을 통한 메모의 수단들에는 훌륭한 보조 도구들이 있다.) 그렇다. 글쓰기의 시작이다.

그렇다면 글쓰기가 컨설팅 실무에 어떻게 필요할지 그 이유와 근거를 들어보겠다.

먼저 글쓰기는 컨설팅 비즈니스 측면에서 기록과 자각, 상호소통, 나 제대로 보기, 이 세 가지 키워드로 구체화해 볼 수 있다.

사례1: 기록과 자각

모 대기업 입사전형을 앞둔 취준생 고객에게 지원기업과 동종업종 기업의 기출 면접질문들을 취합하게 한 다음, 그 질문들을 5~6

개 주제별(성장스토리, 문제해결 사례, 성격 장단점, 직무역량, 지원동기, 커리어 비전 등)로 나누어 보도록 했다.

그런 다음 각 주제별로 편성된 질문들 중 자신이 가장 자신 있게 답할 수 있는 주제와 답하기 어려운 주제들을 선택해 보게 하고 각각 선택한 이유까지 글로 써보게 했다.(주제별로 좁혀진 내용에 대해 구체적인 생각을 하고 자각의 순간도 있을 것이다.)

이제 자신 있게 답변할 수 있는 질문과 자신 없는 질문에 대해 고객이 최대한 자신을 성찰해 보고 난 후 역시 그 질문들에 대한 답을 직접 써보게 했다. 훨씬 더 풍부한 표현들이 나오면서 구체적인 자각이 이루어졌다. 면접 대응의 중요한 디딤돌이다.

휴대폰이나 다이어리의 메모 기능, 책상의 포스트잇 등 메모 도구는 상관없다. 다만 질문주제별로 선정한 질문에 대해 2~3일 단위로 그 메모들을 정리하고 분류해서 반드시 별도 키워드 아래 기록해 보는 습관을 들여보자. 키워드별로 분류하고 옮겨 정리하는 과정을 통해 기억에서 인식으로 들어오는 단계다.

#사례2: 상호소통

타 센터로 전배되는 컨설턴트 A가 후임자 B를 위해 작성한 업무인계서를 보았다. 보고용이 아닌 실무자 간의 문건이었다. 일간, 주간, 월간 단위 정례업무와 보고 주기가 있었다. 챙겨야 할 보고양식과 현황표도 꼼꼼히 첨부해 두었다. 눈길을 끄는 것은 B가 사업부문별 고객사 담당자와 소통해야 할 내용들까지 꽤 상세했다.

담당자가 경력단절 여성이고 근속기간, 조직 내에서의 입지, 그리고 당사와의 어떤 일이나 사건으로 호의를 갖고 있는지도 깨알처럼 특이사항에 기재해 놓은 것이다.

따져보면 보고서, 제안서, 회의록 등도 조직 안에서 소통에 필수적인 틀이고, 외부 사업제안서나 PT본 등은 사업 수주를 위해 고객사와의 진짜 소통을 생각해야 하는 기록들인 것을 재차 잘 생각해 봐야 할 대목이다.

#사례3: 나 제대로 보기

《밥보다 일기》라는 책을 저술한 단국대 서민 교수는 "박근혜 전 대통령이 일기 쓰는 습관을 가졌다면 탄핵을 당하지 않았을 것이다."라는 인터뷰 기사로 눈길을 끌었었다. 서 교수는 "SNS는 허세지만 일기는 반성이다."라며 "글을 쓰려면 생각을 해야 하고 자신을 객관적으로 보게 된다."고 글쓰기 가치를 역설했다.

박 전 대통령도 스스로 글을 써보면서 의식적으로 잠깐 멈춤과 생각을 해보고 글쓰기를 통해 차분히 자신을 들여다보는 성찰이 있었다면 그 지경까지는 안 갔을 것이라는 의미였다. 폭풍, 공감한다. 사실 바다 건너 SNS를 드나들며 트러블메이커였던 미국의 전직 대통령부터 국내 대선 후보들에게도 감히 서 교수의 충고들을 전하고 싶다.

"2~3일에 하루라도 내 감정을 정말 여과 없이 써보고 스스로 되뇌다 보면 차분한 '나 보기'가 되고, 자신을 보듬어 주거나 내려놓는 통제와 정리의 느낌도 갖게 된다.

"애먼 SNS에 불 지피지 말고, 나에게 건네는 짧은 일기라도 써보세요. 제발!"이라고.

글 쓰는 컨설턴트는 그래서 아름답다. 글을 쓰기 위해 오롯이 고객을 생각하고, 글을 쓰면서 고객의 욕구와 목표를 구체화하고, 글을 맺으면서 고객과의 이야기를 기대할 것이기 때문이다.

글 쓰는 컨설턴트는 그래서 진짜 전문가다. 특히 글쓰기와 이를 통한 지지와 긍정의 기운은 한 번 늘면 다시 줄지 않기 때문이다.

3

현재는 분석이고, 미래는 해석이다

기대되는 미래와 현재의 욕구 연결은 해석의 차이

2차 세계대전 당시 미군 지휘부는 해군 전투기의 생존율을 올리고자 전투를 마치고 복귀한 전투기들을 대상으로 각 비행기마다 총탄을 맞은 위치별로 취합해 보았다. 엔진 부위, 조정석, 날개, 연료계, 동체 전위와 후위 등 위치별로 피탄 흔적을 조사해서 기체 부위별로 표시해 본 것이다. 미군 지휘부는 이를 참고해서 동체에 철판을 덧대는 작업으로 전투기의 생존율을 올리고자 했다. 그런데 해당 조사의 자문역을 맡았던 한 교수가 이 조사의 허점을 비판하고 나섰다.

"총탄을 많이 막고도 무사 귀환한 전투기들만 조사해서는 알 수 없는 것들이 있습니다. 중요한 것은 총탄 흔적이 없는 곳을 보강해야 합니다. 돌아오지 못하는 전투기는 그 부분에 총알들을 맞았을 것입니다."

분석의 맹점을 간파한 맥락을 본 것이다. 총탄의 흔적이 많은 위치들을 비교, 확인해서 우선 동체 철판을 덧대야 할 곳을 파악하는 것이 '분석'이라면, 분석내용 자체에 대한 치명적인 오류를 짚어내서 보이지 않은 데이터를 끄집어내는 것은 새로운 성찰에 의한 '해석'이라 할 수 있다. '분석'은 나누거나 분류하고 단순한 요소로 분해하는 것이고, '해석'은 이해하고 판단하는 것이라고 개념적으로 구분된다.(참고: 국어대사전)

진로취업컨설팅에서 상담에 앞서 방문 예정된 취준생의 스펙과 취업준비 내용, 계획들을 먼저 확인해 보고 상담계획을 짜는 것이 '분석'이라면, 이들의 취업지원 분야와 비전을 연계하여 그 취준생의 방향성이 맞는지, 맞다면 그의 강점과 보완점을 찾아내서 취업 가능성을 높이기 위한 가장 우선적인 전략과 행동은 무엇인지 등을 가늠해 보는 것이 바로 '해석'이라고 본다.

'분석'에 기반한 '해석'이 '진로취업컨설턴트'에게 왜 핵심적인 역량이 되는지 함께 살펴보자.

심리학계의 한 연구보고에 따르면 먼 미래의 일은 뇌가 반응이 없거나 더디게 반응하지만, 지금 당장의 일에는 민감하게 반응한다고 한다.

매일 아침 일정시간 조깅을 하는 것에는 '시간과 몸을 써야 하는 비용개념'과 '비만, 당뇨예방과 핏감이 넘치는 옷맵시가 나는 미래'라는 편익이 맞설 때 매일 아침 조깅을 하다가 포기해버리는 것은 현재의 부담과 미래의 편익을 비교해서 의사결정한 것이 아니란다. 미래의 비전에 대한 생각은 꺼져버리고 현재의 비용만 크게 보는 것이란다. 이때 뇌가 미래의 비전을 더 우선하도록 현재의 좋은 선택지로 교체해 주는 '전환 조치'가 중요하다. 그때 '분석'과 '해석' 역량이 필요한 것이다. 사람들에게 보다 현실적인 동기부여를 통해 미래의 편익과 비전에 접근해 가도록 하려면 말이다.

예를 들어, 조깅을 끝내자마자 시원하게 들이키는 생수병을 딸 때마다 뚜껑에 복권번호를 부여한다면 조깅의 지속성은 높아질 것이다.

그렇다면 컨설턴트들은 구직고객에게 무엇으로 동기부여할 수 있을까.

상담 회차별로 꾸준히 방문하는 고객에게 처음 방문 때와 달라진 부분이나 좋아진 점을 명확하게 알려주는 인정의 멘트나 손 편지. 또는 지원서를 제출하거나 면접을 본 고객에게 합격 여부와 상관없이 그들의 강점이나 적극성 등 긍정적인 부분들을 먼저 부각시켜 주는 것이 '생수병의 복권번호'와 같은 '전환 조치'인 것이다.

이것이 상담고객과 그 고객의 진로·취업 이슈와 관련한 담당 컨설턴트의 분석과 해석역량이 중요한 이유다.

'고객이 자주 쓰는 말', '표정이 바뀌는 말', '반응이 달라지는 말'

컨설턴트의 분석과 해석역량은 구직고객의 욕구의 구체화, 상담 참여 및 실행력, 기대되는 결과 등을 좌우한다. 진로취업 상담 계층과 상담목표, 유형 등에 따라 상담의 구조화와 그에 따른 준비 작업이 달라지지만, 구직고객에 대한 사전 조사, 상담 이슈와 수요에 따른 분석과 해석이 뒤따라야 기대하는 성취를 품는 것은 똑같은 이치다.

보다 더 높은 수준의 진로취업 상담과 근본적인 처치를 위해서는 분석을 넘어 해석단계를 거치는 상담이 되어야 한다. 상담고객이 말하지 않은 욕구나 감정을 알아내고, 그들의 잠재된 끼와 에너지를 끌어내 주는 것. 진짜 '하고 싶은 일'과 '자신에게 맞는 일'을 스스로 구분해 보게 하는 것, 지금 당장 할 수 있는 것부터 고객이 주도적으로 찾고 결정해 보게 하는 것 등이다. 그러려면 구직고객이 써내는 취업계획서나 입사지원서는 물론, '고객이 자주 쓰는 말', '표정이 바뀌는 말', '반응이 달라지는 말' 등을 잘 보고 기록해야 한다. 이는 분석이지만, 이 기록과 단서들을 통해 고객이 새롭게 인식하고 시도할 수 있는 변화의 지점과 고객에게 역동성을 추동할 수 있는 방법을 판단하는 것이 '해석'이다. 그렇다. 분석은 직역이지만 해석은 의역이다.

현실의 컨설턴트들은 조사하고 수집하는 것은 잘한다. 분류하고 분석하는 것은 자주 하진 않는다. 안타깝게도 분석하고 난 후 해석은 거의 하지 않는다. 물론 대다수 컨설턴트들이 정부 또는 지자체 위탁사업이나 정책 사업이 정한 지침과 실적에 급급한 현실이라 개별적인 분석과 해석 작업이 물리적으로 어려운 현실이긴 하다. 그러나 알고 있어야 하고 해보아야 한다. 10명의 상담고객 중 단 1~2명의 고객이라도 말이다.

상담고객에게 멀리 보이는 아득한 미래를 가까이 다가선 비전과 기대의 미래로 바꿔주는 상담이 진로취업컨설턴트의 찐 소명이기 때문이다.

필자는 회사의 내부 면접과 외부 위촉 면접 등 대면면접만 매년 120여 명 이상의 면접전형에 참석한다. 여러 유형과 계층의 사람들과 접하다 보면 판단의 공정성을 사이에 두고 떨치지 못한 선입견과 오픈마인드가 부딪치는 경우를 맞게 된다. 그때부터 필자는 피면접자에 대한 메모와 분석을 해보았다. 단 한 문장이라도.

피면접자들의 입사지원서 하단에 그들의 외적 이미지(외모가 아닌 전체적인 인상과 복장 등), 면접 때 인상적인 멘트(없었다면 물음표 표시), 그리고 면접 후 나의 느낌(합격, 불합격 판단이 아닌 드는 생각) 등 3가지 내용을 한 문장씩 메모해 둔다. 지원자의 이미지, 면접 콘텐츠, 나만의 생각 등이다. 즉, 짧은 '분석' 글이다.

후일 그 직원의 근속기간, 근태나 인사평가를 할 때 그때의 세 문장을 소환해서 보면 적잖은 재확인 부분이 생긴다. 면접 당시엔 언변이 좋고 주도적인 듯 보였는데 지금은 어떻게 평가받는지, 소극적인 성향으로 봤는데 프로젝트를 운영해 가는 근성이 남다른 직원 등 당시의 메모와 현재의 모습이 유의미한 상관성을 보이기도, 전혀 상반된 모습으로 나타나기도 한다.

다만 그 세 문장을 다 못 적거나 물음표가 많은 지원자는 거의 불합격 처리되는 경우가 대부분이었다. 지원자가 어떤 사람인지 도통 판단이 서지 않는 경우였다.

시간의 흐름을 두고 본 사람에 대한 이런 재확인은 선입관과 겪어온 과정을 통해 바로잡아가는 자각과 성찰을 해보게 된다. 바로 그 결정적인 '해석'의 지점이다.

02 구직자 중심

고객의 기운이 살아나야 컨설턴트도 산다

4

[천직①] 자존감 느껴야 '재미'와 '의미' 찾는다

나는 소중하다며. 뭐가 소중하냐고?

하늘이 내려준 인연. '내 짝이 있을까?'라는 환상이 화석시대의 염원처럼 비춰지듯이 직업도 '나만의 천직이 있을까?'라는 일말의 기대도 여지없는 환상뿐일까?

맞다. 덧없는 환상일 뿐이다. 더 정확히는 자신에게 '딱 맞춤 직업'이 있다 한들 그것을 찾아내기까지는 많은 시간 속에 시행착오적 판단과 경험들이 수반되어야 한다. 천직이 굳이 있다면 그것은 '발명'이 아니라 '발견'이기 때문이다.

가까운 주변 지인들부터 둘러보자. 자신의 일을 처음부터 천직으로 느끼고 진정 일 자체를 행복해하는 사람이 있는지를. 누가 봐도 생계형으로 해나간다는 분들은 제쳐두더라도 하다 보니 숙련되고, 남들이 인정해 주니 전문가가 되었다는 부류도 있고, '이제는 그 일이 딱 내 일이 되었다'는 사람도 일적으로 연결된 사람관계와 소득 활동이 자신의 라이프사이클에 최적화되었기 때문이다.

사람들은 이 회사에서 저 회사로, 이 일에서 다른 일로 옮겨 다닌다. 옮기는 주기도 빨라지고 판단의 기준도 현실적이다. 스마트한 일부 MZ세대는 자신에게 맞는 옷이나 스타일을 찾아가듯 자신에게 좀 더 맞는 직업과 비즈니스를 찾아내려고 한다.

나를 위해 태어난 반쪽, 딱 맞는 나만의 명품 옷 같은 것은 없다. 다양한 패션의 옷과 굿즈들을 연출해 가면서 자신의 스타일을 찾아가는 것이다. 내게 맞는 직업을 찾는 과정이다. 스타트업 창업을 하든, 공무원 시험만 노리든, 지방의 중소기업을 찾아다니든, 나만의 브이로그로 유튜버를 하든, 모든 것은 그다음의 일이다.

중요한 것은 나에게 맞는 직업(또는 비즈니스)을 조금이라도 더 빨리, 더 정확하게 발견해서 더 많은 비즈니스 기회로 연결될 수 있게 포텐을 터뜨릴 수 있는 시그널을 무엇으로 감지해 가느냐다.

'진로취업컨설턴트'는 그 시그널의 단초나 근거를 다음의 컨설팅 구조에서 발견할 수 있도록 해주어야 한다.

①단계(자기중심의 방향성): 정체성, 자존감, 의미와 재미

②단계(목표와 행동의 진정성): 일관성, 구체성, 지속성

③단계(대체불가 경쟁력): 효율성, 전문성

컨설팅을 요청한 구직고객들을 보면 대부분이 어떤 기업, 어떤 분야를 지원하고, 또 어떻게 준비하고 대응해야 하는지 목표와 방법에 대한 즉답을 먼저 원할 뿐이다.

①, ②단계는 패싱되어 버리고 ③단계의 결과 중심의 속성코스만 바랄 뿐이다.

'진로취업컨설턴트' 입장에선 ①, ②단계는 손절이 아닌, 세상 유일한 자기중심의 일의 가치를 찾는 단서임을 구직자에게 반드시 상기시켜 주어야 한다.

구직고객 컨설팅 프로세스는 '방향성-구체성(일관성, 지속성)-효율성&전문성'으로 이어지는 구조화된 상담과 지원으로 진행되어야 한다.

현실의 구직자들은 진로 결정이나 취업, 이·전직을 준비한 이들의 첫 번째 키워드인 '자기'와 '방향성'이 실종된 것이다. 내가 일과 취업에 대해 무슨 가치와 기대를 갖는지, 무엇에 만족하고 왜 하려고 하는지 그 방향성이 없다. 목표를 달성해도 기쁨이 오래가지 않고, 성취감을 느껴도 다음 동기가 생기지 않고 허탈함도 느끼는 것이다. 남들이 추구하는 성공방식이고 세상에 맞춰가기 위한 사다리에 불과했기 때문이다.

〈'나에게 맞는 일'을 찾아가는 프로세스〉

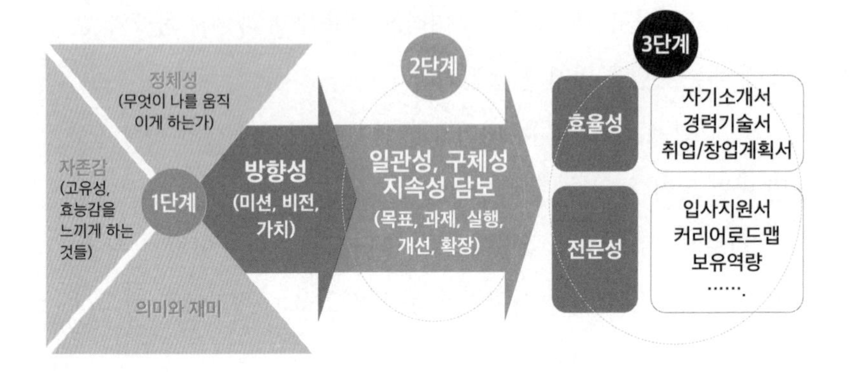

자신의 방향성이 바로 서야 한다.

①단계: 정체성-자존감-의미와 재미라는 선순환 사고와 성찰을 통해 구직자의 관심과 동기가 명확해지는 분야 또는 일, 역할, 활동 내용 등이 도출되어야 한다. 이를 토대로 직업이나 비즈니스의 방향성을 확립할 수 있고, ②단계: 구체적이고 지속 가능한 커리어비전으로 완성되고, 마침내 ③단계: 취업가능성이 높은 입사지원서가 완성된다.

'나에게 맞는 일'을 찾기 위해 먼저 ①단계 컨설팅 구조 사례를 통해 함께 살펴보자.

 # 사례_"그게 가장 큰 성취였습니까?"

어느 취준생이 중견 식품기업의 최종 면접에서 한 얘기다.

면접관이 "살아오면서 자신이 이룬 가장 큰 성취가 무엇인지 말해 보라."는 질문에 그는 성인이 되자마자 교내 연극동아리에 들어간 얘기로 시작했다.

"태어나 처음으로 내가 내린 결정이었고 주저함이 없었습니다. 고교 때까지의 삶이 너무 싫었고, 나 자신도 싫어서 다른 사람으로 살아보고 싶었습니다. 또 대학 첫 1년과 20살은 원 없이 놀고 싶었고, 그 수단이 연극이었던 것 같습니다. 방학은 물론 학기 중에도 공연을 올리기 위해 합숙과 워크숍을 반복하며 동기들과 공연소품, 분장, 의상 준비부터 발성과 집중력을 올린다며 밤늦도록 운동장을 돌며 동기들과 대사 연습으로 밤새운 날이 부지기수였습니다. 아버지의 노여움으로 손찌검까지 당했지만, 공연을 마치고 나서의 뿌듯함과 벅찬 환호와 갈채는 너무나 큰 감동이었고 희열이었습니다. 졸업 후 결국 연기자의 꿈은 이루지 못했지만, 후회는 없었습니다. 그런데 그게 정말 이상했습니다. 그렇게 몰두했었는데 깔끔하게 정리가 돼버린 것입니다. 내가 여한 없이, 미련 없이 올인해 봤기 때문이라고 생각합니다. 그것이 가장 큰 성취라고 생각합니다."

잠깐의 침묵이 흐른 후 면접관이 쓴웃음을 지으면서 말한다.

"그게 가장 큰 성취였습니까?"

지원자는 보람과 의미를 찾고 자신의 자존감까지 회복했던 훌륭한 대학시절이라 생각했지만, 면접관은 그것을 훌륭한 대학시절이라 인정하지 않고 손절해 버린 것이다.

결국 다른 회사에 입사한 그는 연극동아리 시절. 몸과 마음의 어려움을 감내하는 힘과 배려와 인정을 통한 진정한 동료애, 협업의 힘을 그때 경험함으로써 자신의 정체성과 자존감을 체감한 것이다. 그는 자신이 '하고 싶은 일'이 아닌 자신이 '잘하는 일', '내게 맞는 일'을 찾아가는 힘과 동기를 가진 것이다. 내가 '잘하는 일'은 '정체성'과 자존감'에서 찾아내고, 찾아낸 일이나 사건에서 '의미와 재미'라는 맥락으로 증명된 것이다.

"그 일이 ○○ 씨에게 무슨 의미가 있는 거예요?"

남들이 부러워하고 추켜세우는 성공보다 자신이 뿌듯해하는 성취, 정말 기념하고 싶은 일과 사건 속에 자신의 정체성이 있다. 사람 상대가 좋은지, 장비나 기계를 만지는 게 좋은지, 데이터나 자료를 다루는 게 좋은지(직무 유형), 또는 불확실한 도전을 즐기는지, 확실한 안정성을 선호하는지(추진 성향), 개별적 업무를 선호하는지, 협업이 필요한 업무를 선호하는지(비즈니스 스타일) 등을 구직고객의 성공스토리나 유의미한 경험 등에 대한 질문*이나 반대 성찰을 통해 그의 정체성과 자존감을 찾을 수 있다.

'나는 소중하다'며 소확행에서 힐링, 덕질에 이르기까지 자신의 욕구와 감정에 충실한 MZ세대의 몰입감을 나의 일과 탤런트, 커리어 가치로 돌려보자.

돈 잘 버는지보다 자신의 일에 의미와 가치를 느끼는지, 잘나가는 기업에 다닌 지보다 조직 내에서 존재감을 인정받고 있는지, 지금 하는 일이 힘들다면 업무량이 버겁고 어려워서 힘든지, 누구에게라도 인정을 못 받아서 힘든 상황인지, 몰입되는 일은 있는지, 집중할 때 오롯이 빠져드는지 등을 따져보게 하라.

고객이 해왔던 경력만 볼 게 아니라 그가 꺼내 들지 못했지만, 그 사람만의 에너지가 꿈틀대는 욕구를 들춰내 주어야 한다. 그것이 '진로취업컨설턴트'의 ①단계 소명이 부여되는 별의 지점이다.

---

* 그 일이 ○○ 씨에게 무슨 의미가 있는 거예요?"
"어떤 부분에서 그 재미를 느꼈어요?"

5

[천직②] 대중이 모르는 가수·배우가 오래 활동할 수 있을까

기대하는 미래의 모습 & 지금 할 수 있는 것 동시에 보라

"아이돌 가수로 활동하다가 20대 후반부터는 싱어송라이터로 대중에게 어필되는 나만의 음악 감성으로 소통하고 싶다. 그러고 나서 종합예술 분야인 뮤지컬배우까지 도전해 보고 싶다."

"그룹의 리드보컬을 하면서 나만의 록발라드를 하고 싶었다. 넘쳐나는 이별, 감정의 정서가 싫어서였다. 하지만 감성 발라드를 병행하면서 트로트 끼가 특이하게 배어있다고 해서 작곡가님의 권유로 고심 끝에 세미트로트로 전향했는데, 팬들이 너무 좋아해 주셔서 이젠 트로트가 진짜 내 노래고, 그 노래가 나를 부르는 것 같다."

전자의 사례는 외국인 아이돌 연습생이 경연을 마치고 한국에서 오래 적응할 수 있겠냐는 우려 섞인 질문에 또박또박 답한 내용이고, 후자는 최근 트로트 경연프로그램에서 강렬한 인상으로 세대를 아우르는 팬덤을 구축해 가고 있는 실력파 트로트가수의 얘기다. 모두 분명하고 구체적이다. 그래서 진정성도 느껴진다.

구체적이어야 실행도, 지속도 가능하다

앞부분에서 제시한 '내게 맞는 일'을 찾기 위한 ①단계(방향성): 정체성-자존감-의미와 재미라는 선순환 사고와 성찰을 통해 위의 뮤지컬 배우나 트로트 가수처럼 방향성이 잡혔다면 ②단계(진정성): 일관성-구체성-지속성으로 발현되어 ①단계의 방향성이 목표와 과제 중심으로 실행되고 보완·진보되는 과정으로 드러나는 단계다.

진로취업컨설팅 과정에서 ①단계를 통해 구직고객에게 맞는 직무 유형과 조직구조, 비즈니스 스타일, 성향 등을 확인했다면, 이제는 실행 가능한 취업목표와 행동의 진정성으로 이어져야 한다.

취준생의 공무원 시험 합격이든, 데이터분석 전문분야 취업이든, 3년 뒤 스타트업 창업이든, 직장인의 2023 프로젝트 수주 목표든, 자격증 취득이든, 이·전직자가 옮기고자 하는 업·직종의 지인들 네트워킹이든, 20여 년만의 경력기술서를 업데이트해 보기든, 크든 작든 방향성이 나왔음을 전제로 ②단계 과정들을 살펴보자. 고객의 세부적인 이행계획과 실천 가능성을 높이는 과정이다. 행동

강화 단계다.

코칭 절차 중의 하나인 '5 STEP 방식'을 적용해 보면, '주제탐색(방향성과 목표설정) → 현실 점검 → 사고 확장 → 실행의지 확인 →지지·촉진'해 주는 순으로 이어진다. 주제탐색 후 현실 점검부터 지지·촉진과정은 고객이 행동할 수 있는 구체성을 담보해서 지속적으로 할 수 있도록 동기부여하는 과정이다. 진로취업컨설턴트의 역량 발휘가 정말 중요한 첫 단계다.

고객이 망설이고 주저하는 원인을 교감해야 한다. 자꾸 "안 된다. 못할 것 같다."라는 고객에겐 그 판단은 누구의 기준인지 직면하게 하고, 장애요인이 있다면 거두어 낼 수 있는 방안도 모색해 보게 해야 한다. 지금 당장 실행가능한 과제와 달성된 미래의 모습을 교차 직면하게 해주고 자극해 주는 역할이 빛을 발하는 순간이다. 목표와 행동의 진정성이 일치되기 때문이다.

윈도우 운영체제 변경이나 휴대폰 신모델의 얼리버드를 다투고, 사물인터넷이나 메타버스와 같이 일상 자체를 흔드는 전환기도 거뜬히 적응하면서도 정작 자신의, 또는 자신의 생애진로, 자신의 커리어 전환에 대한 변화관리, 마인드 업뎃에는 너무나 취약하다.세상은 바뀌는데 자신의 생각과 사고는 그대로라는 의미다. 그러니 방향성도, 구체성도 희박하다. 당연히 커리어에 대한 결단과 판단력도 약하다.

정리해 보자. 앞 장에서 강조했듯이 제대로 포지셔닝된 방향성이 우선이다. 그래야 그에 대한 비전과 목표 행동들이 구체적일 수 있고, 그 노력들이 오래 지속될 수 있고, 실현 가능성이 높아지면서 ③단계 성취나 결과도출 단계에서 주고받는 영향력 또한 커지는 법이다.

싱어송라이터가 뮤지컬배우로서 대중과 더 뜨겁게 만나고, 트로트가수로 전향하고 나서 열광해 주는 팬들로 인해 더 열창하고 감동이 커지는 엔터테이너로 거듭나는 것처럼 말이다. 노래의 방향성과 영향력의 대상이 결국 대중이고 팬이기 때문이다.

우리가 말하는 진정성도 대중(잠재고객)이나 사회에 기여할 구체성을 통해 확인된다. 그 구체성이 효율성을 생각하게 하고 전문성으로 성장해 가기 때문이다.

 # 사례_전담 상담사 승격심사장

필자의 회사에서는 입직 상담사를 대상으로 매년 1~2회 전담 상담사 전환심사를 한다.

아래 세 가지 주제에 대한 10분 브리핑-10분 질의응답-10분 피드백으로 이어진다.

1. 취업상담사로서 자신이 생각하는 필요역량과 자기평가
2. 소속된 센터(부서)의 강점과 개선점
3. 올해 성취목표나 변화하고자 하는 나만의 목표

첫 번째 발표자: 취업상담사로서 자신이 생각하는 필요역량과 자기평가

– 필요역량 중 관계형성을 제시했고, 자신의 강점이 '신뢰'와 '협업능력'이라고 했다. 그 신뢰는 어떻게 쌓아갔는지, 협업능력은 누구와 어떤 방식으로 해보았는지, 그런 과정에서 자신이 신경 쓰거나 먼저 행동한 것들이 무엇이었는지, 왜 그렇게 했는지 등에 대한 설명까지 구체적이었다면 충분히 설득력이 있었을 것이다.

두 번째 발표자: 소속된 센터(부서)**의 강점과 개선점**

– 소속 센터 구성원들의 강점 또는 본받을 점을 나열했다. 취업상담 업무 입직 전 각자의 사회경력들이 다양하다는 점이 장점이라고 밝히며, 선배 상담사들의 강점들을 자기만의 시선으로 정리한 내용들이 인상적이었다. 특히 한 선배 상담사의 꼼꼼한 메모습관을 벤치마킹하고 있단다. 그는 취업에 성공한 고객들의 참여후기에 대한 말들을 전부 메모하여 다른 고객상담의 참고기록으로 삼겠다는 구체적인 의지가 돋보였다.

세 번째 발표자: 올해 성취목표나 변화하고자 하는 나만의 목표

– 자신이 맡은 '참여자의 만족도는 업, 클레임은 다운시키는 것'이라 했다. 두 가지가 더 요구된다. 첫째, 올려야 할 만족도와 줄이고자 하는 클레임을 어떻게 측정할지와 정량적 목표치가 없는 점이다. 둘째, 만족도를 올리고 클레임을 방지하기 위해 어떤 방법이나 수단을 쓸 것인가다. 매 상담 차시마다 참여자와의 상담목표와 내용을 공유하고, 종료 시에 확인 질문용 체크리

스트를 사용해 볼 생각도 필요하겠다. 목표 실행에 대한 의지만큼이나 실행하기 위한 구체성이 가장 아쉬운 발표 사례다.

진짜 '간결함'은 구체적이어야 가능하다

위 사례의 발표시간은 딱 10분. 제한 시간 안에 발표시간과 순서를 배분하고 핵심을 강조하는 요령 등, 그것이 잘된 발표자는 브리핑 내용은 물론이고 실행계획도 아주 구체적이다.

요즘 기업에서도 보고서나 제안서도 원 시트. 1장짜리 페이퍼가 대세다. SNS 소통 때문도 있겠으나 보고 사안에 대한 간결한 구조로 핵심에 빠르게 집중하고 판단하기 위해서다. 1장 페이퍼로 요약보고 하고 상사가 1페이지만 검토해서 이슈 파악과 최종 의사결정을 한다. 그 과정에서 돌출된 핵심 사안에 대한 확인 질문, 변수 요인이나 대응방안 등을 묻는다. 상세 내용은 보고자의 머릿속에 구조화된 절차와 대안 등으로 이미 들어차 있다. 그렇게 공유하고 소통한다.

정해진 시간과 지면 1장에 말하고자 하는 내용을 직관적으로 소통이 가능하게끔 간명하게 담아낸다는 것은 이미 구체적으로 충분히 고민하고 연구해서 정리한 끝에 나온 것이다.

건성건성 하는 말보다, "그 이상 더 뭐?" 하는 짤보다 눈빛을 반

짝이며 구체적으로 얘기하는 사람이 진정성이 더 느껴지고, 그 일도 당연히 지속할 가능성이 높다. 지속 가능해야 효율성을 생각하게 되고, 대체 불가한 전문성을 기대할 수 있다.

6

당신의 취미, 특기 무시 말라

찾지 못한 나만의 탤런트, 성장포텐이 거기 있다

진로취업컨설팅 지원자들을 보면서 참 아쉬운 생각이 들 때가 많다. 안타깝기도 하고 한편으로는 함께 오픈해서 풀어가고 싶은 문제와 같은 것이다.

신입이든, 경력직이든 지원자들을 처음 접하는 것이 입사지원서다. 그중에서도 이력사항을 먼저 스캔해 보고 자기소개서를 살펴보곤 한다.

이 단계에서 두 가지만 짚어보려고 한다. 하나는 지원서의 비어 있는 취미와 특기란이고, 또 하나는 진로취업 상담분야로 입직하기 전의 다른 직업경력이나 커리어를 드러내지 않는 것이다.

'진로취업컨설턴트'는 그 업무를 수행하기 위한 자세와 역량도 중요하지만, 무엇보다도 그 일을 해나가기 위한 성향과 기질. 즉 인적 속성에 기반한 탤런트가 있는지를 먼저 보게 된다. 사람과의 대면을 통한 관계와 상호 역할로 풀어가는 비즈니스이기 때문이다.

구직고객과의 상호작용이 그만큼 중요하다. 상담의 성패와 질을 담보하는 것은 상담사의 업무적 숙련도와 전문성도 중요하지만, 고객에 대한 온전한 배려와 몰입이 요구되기 때문이다. 상담 자체가 대부분 처음 대면하는 접견에서 시작되므로 정교하게 구조화된 상담 프로세스 설계부터 전혀 불가측적인 돌발상황에도 대응해야 한다. 진로취업컨설팅이 1:1 정서적인 관계와 구조화된 전략적인 파트너십을 함께 유지해 가야 하는 이유이기도 하다.

진로취업컨설팅은 개인의 성향과 마음챙김이 전제가 되어야 한다.

직업상 대인관계에서 업무가 준비되고 구성된다. 한번 만나고 보지 않을 관계도 아니고, 속마음을 모두 공유하면서 함께 갈 파트너도 아니다. 그렇다고 물건이나 서비스 판매로 종료되는 사이도 아니다. 상담 종료 후 수수료를 직접 받는 것도 아니고, 급여를 포함한 반대급부가 큰 것도 아니다.

IT부문 개발자 품귀현상만큼 진로취업 상담업계에도 경력 있는 상담사를 찾기도 힘들다. 그런데 두 분야의 구인난의 결은 많이 다르다. IT부문은 공급부족으로 인한 상대적 가치상승에서 비롯되지만, 상담업계는 기피 직종이 되어가고 있다 그럼에도 임금수준은 상대적으로 낮다. 정부의 일자리정책도 집중되고 상담사 구인기업의 수요는 계속 늘고 있는데도 말이다.

'진로취업컨설턴트'는 미래의 비전과 위상을 담보로 지금의 저평가를 언제까지 견뎌야 할까. 희망 고문과 현실 보상 사이에서 늘 결심의 순간만 기다리고 있다.

그 과정에서 한 줄기 빛처럼 동기부여가 되는 것은 소속회사의 보상이나 상담고객들의 인정도 있겠지만, 더 근본적인 것은 '진로취업컨설턴트'로서의 자존감이다.

전문가의 역량이나 실적도 중요하지만, 그런 자신에 대해 1도 망설임 없는 자기 소명과 비전에 대한 확신이 그 지속 가능한 생동력의 요체이기 때문이다.

그래서 아쉬운 것이 진로취업컨설팅이나 관련 프로젝트의 상담사로 지원하는 이들의 40~50%는 취미나 특기란이 비어있다는 점이다.(둘 다 비어있는 지원자도 포함) 반면 자격증 취득교육과 도구활용 프로그램 등 교육사항과 상담이나, 심리학 분야 편입이나 석사과정 이수 등 학력란은 빼곡하다.

지원자를 직접 보기 전에 대화를 나눠보지도 않고도 그 사람에 대해 알아볼 수 있는 것은 두 가지로 나누어진다. 흔히 볼 수 있는 스펙 요소(학력, 어학, 자격증, 교육내용, 경력 외)와 그 사람 자체에 대한 정성적인 캐릭터다.

스펙은 상대 평가지만 지원자의 캐릭터는 우리 회사 조직과 얼마나 잘 맞고 함께 갈 수 있는 사람인지에 대한 생각까지도 미치게 한다. 직업 역량 평가나 필터링이 아닌, 그 사람의 고유한 캐릭터나 성향에 대한 것은 취미와 특기사항뿐이다.

독서라면 어떤 장르를 얼마나 구독했는지, 독서습관은 어떤지, 구독하고 나서 별도로 정리하거나 공유하는지, 구독 방법도 책갈피를 넘기는 독서인지, 앱을 통해 읽어주는 서비스를 이용하는지, 요약본만 챙겨보는 형태인지 등등에 따라 그 사람의 성향과 정체성까지도 가늠해 보는 것이다.

특기사항은 지원자가 얼마나 좋아하고 몰입하는지, 얼마나 잘하는지, 그 잘하는 정도를 무엇을 보고 판단하는지 등으로 질문이 이어지다 보면 지원자의 강점과 통하는 지점도 만나게 된다. 실제 면접현장에서 취미나 특기로 대화가 이어지면 훨씬 더 초반 면접이 원활해지는 효과도 있다.

다른 하나는 취업진로 상담으로, 입직하기 전의 이전 '직업경력'이나 '커리어 내용'이다. 앞서 취미·특기가 자기중심의 성향적 특성이라면, 다른 업·직종의 경험은 커리어에 기반한 그 사람만의 스토리라고 할 수 있겠다.

그런데 입직 분야와 무관한 경력들이라 생각하는지, 경력란이나 자기소개서에도 기재하지 않고 언급도 없다.

'진로취업컨설턴트'는 '사람과 직업', '일과 커리어', '탤런트와 직무'를 다룬다.

상담, 진단, 알선, 매칭 등 기능적 역할이 기반이기는 하지만, 그 역할들은 구직고객의 정서와 감정, 그리고 스토리와 닿게 된다. 이 때 컨설턴트의 직업경험이나 조직생활 경력은 구직고객의 미음과 감정을 이해하고 그들과 같은 방향에 서서 공감하고 솔루션의 단초까지도 함께 도출해 낼 수 있는 근간이 된다.

어떤 직장이든 경쟁과 협업, 상사와 선후배, 고객과 제품(서비스)이 존재한다. 반복되는 조직사회의 권태 속에서도 눈치와 요령을 알고, 매번 부담과 짜증이 겹치면서도 인정과 칭찬, 승진과 보상이라는 아주 가끔의 성취도 있다.

그러나 거기에 가려져서는 안될 더 큰 의미와 가치들이 있다.

출퇴근부터 업무수행까지 늘 관성대로 연명해 온 상담사와 매사 자신의 목표와 계획을 우선하지만, 부서의 성과지표도 의식하는 컨설턴트. 오늘 하루에 수행할 업무브리핑을 위해 이번 주 프로그램 구성을 마치기 위해, 이번 달 알선 매칭과 취업률 지표를 70%까지 끌어올리기 위해 늘 자기주도의 향상심과 동기를 새롭게 다지고 행동한다. 이들에게는 자신이 알든 모르든 특유의 업무적 맷집과 역량들이 녹아있다. 몸이 먼저 기억한다는 말이 있잖은가.

그래서 필자는 진로취업컨설턴트들이 참여하는 보수교육에 자신의 업무경험과 비즈니스 스토리 기반 강점을 도출하고 역량으로 시각화해서 스스로 효능감을 증명하는 프로그램을 꼭 권하고 싶다.

대기업 공채에 입사한 후 2주일도 안돼서 퇴사를 고민하는 상담고객이 당신을 찾아왔다. 사연을 들어보니 첫 출근 후 2주일 동안 어느 누구도 말을 붙여주지 않고 함께 먹는 점심도 너무 불편하더란다. 큰 소리가 오가는 험악한(?) 회의 분위기도 밖에서 혼자 느끼다 보면 '나는 누구? 여기는 어디인가?'라는 생각만 들었다는데...

그대가 담당 컨설턴트라면 어떻게 얘기해 줄 건가, 상담사가 갖고 있는 고유역량과 경험에 기반한 포스가 발휘되어야 할 순간이다. 기존 경험자의 꼰대식 훈계가 아닌, 직장경력에 기반한 현실 기반 코칭기법과 스스로에 대한 마음챙김과 성찰이 아주 긴요하기 때문이다.

직장 경험이 전혀 없는 상담사라면 기로에 선 그 신입사원 고객을 어찌 감당하겠는가. 조직사회에서 개인들이 감내해야 할 멍에 같은 것들이 상처로도 남지만 그 상처들이 어찌했을 때 더 도지는지, 아니면 새살로 돋아나는지 직장 경험이 풍부한 그들만의 경험치를 결코 무시할 수 없어서다.

아이돌을 뽑는 경연대회 프로그램에서 JYP 박진영 심사위원이 무대를 마친 참가팀의 보컬에게 묻는다. “들어왔던 음역대를 벗어난 고음이 인상적이었다. 불안하지 않았나. 어떻게 생각하나? 연습으로 되는 게 아닐 텐데!”

대답을 하지 못하고 망설이던 보컬, 만감이 교차된 듯한 표정이다.

“올라가지 않던 고음이었다. 그런데 팀원들이 자신감을 가져라, 우리 팀은 그 부분이 클라이맥스다. 그렇게 진심으로 응원해 주어서 된 것이다. 득음을 하게 된 거 같다.”라고 옹골차게 답한다.

그렇게 답한 보컬은 나중에 들어온 연습생이나 슬럼프를 겪은 후배들에게 입체적인 공감과 진심 어린 조언을 해줄 수 있을 것이다.

03

구인기업 & 직무역량 집중

구직자 알아보는 구인기업이 진짜다

7

나 맞춤인재냐고?, 기업은 인재를 알아보고?

'하고 싶은 일'보다 '내게 맞는 일'이 '찐'

 # 서울시의 청년층 대상 〈연간 일자리사업 프로젝트 위탁 수행기관 선정〉을 위한 평가 PT 현장

우리 팀의 순서가 되자 발표자는 당초 기획의도에 따라 발표 전 자기소개부터 한 다음 '프로젝트 참여자들의 00% 취업성공을 위한 매칭시스템과 책임관리'를 제시하면서 본 PT와 질의응답까지 무난하게 이어졌다. 잘 마무리되는 분위기였다. 그때 중앙에 자리 잡은 심사위원장이 손을 들었다.

"이번 PT심사와는 별개로 묻고 싶은 것이 있습니다. 청년층 취업난의 진짜 이유가 무엇이라고 보나요. 현장에서 취업지원 사업을 하시는 분들이잖아요. 그냥 개인적으로 어떻게들 보시는지 궁금해서요."

마무리 멘트를 생각하던 우리 팀 발표자가 순간 당황해 하던 기억이 난다.

필자라면 이렇게 답했을 것이다.

청년층 취업난의 진짜 이유가 무엇이라고 보나요?

> "구인기업이나 구직자 모두 자신의 이상형을 모르고 있습니다. 알고 있다고 해도 자신의 기준이 아니거나 특정되지 못한 일반적인 기준만 갖고 있어서입니다."

경제학에서 말하는 구조적, 마찰적, 계절적 실업 등 외생적 요인에 대한 질문은 아니라고 봤다. 노동시장 내부로 한정해서 본다면 결국 당사자들의 문제다. 취업해야 할 구직자와 채용해야 할 구인기업의 불확실성 때문이다. 서로가 상대방에 대한 이상형의 기준, 그 이상형을 만나서 어떻게 사귀고 어떤 만남으로 이어가고 싶은지, 서로에 대한 준비나 정교한 마음자세가 안되어 있다는 얘기다.

구직자는 자신에게 맞는 일을 찾지 못하고 남의 시선, 사회적 기준에 따라 구인기업을 두리번거리거나 자신의 기호에만 너무 몰입되어 의사결정 자체가 구인기업의 조건과 취업 가능성에만 몰두하는 경우가 많다.

구인기업은 자신의 회사나 조직에서 진짜 필요한, 또는 정말 잘 맞는 인재상을 명확하게 제시하지 못한다. 그러다 보니 채용된 인재들에게 맡길 업무에 대한 매칭이 개별 강점이나 성향을 반영하지 못할 뿐 아니라 역할에 대한 포지셔닝도 허술하다.

몇 년 전부터 NCS 기반 직무중심의 역량 면접, 능력중심 채용과 더불어 채용환경도 계열사별 수시·상시채용, 캠퍼스 리쿠르팅, 소셜 채용, 채용형·인턴형 일 경험 등 다채널 모집과 전형을 통해 차별화된 인재 선발에 공을 들이고 있으나 구직자 주도의 취업준비와 기업의 직무중심의 적재적소 매칭과 육성을 위한 정교한 설계는 아직은 미흡한 실정이다.

결국 양 당사자 각자 어떤 일을 할지, 또 어떤 사람을 뽑아서 어떤 일을 맡겨야 할지에 대한 기준이나 설계 자체가 모호하다. 기준 자체가 없는 중소기업도 태반이다. 구인·구직 두 당사자 사이에서 '진로취업컨설턴트'의 코디 역할이 그래서 중요하다.

인적자원과 직무역할 간의 균형적인 매칭 컨설팅이 정말 중요해진 배경이다. 적격 후보자를 발굴해서 추천하는 헤드헌팅과는 역할 범위에 있어 상당한 차이가 있다. 구인내용 분석뿐만 아니라 구직자의 진로설계에 기반한 자기중심의 커리어 설계와 직무 역할을 제대로 찾아내어 기업 구인조건과 역할에 맞추어 지원해야 하기 때문이다.

'진로취업컨설턴트'는 입사가 확정된 신입사원에게는 지금부터가 진짜 중요한 변환점이라는 것을 자각하도록 해야 한다. 부서 조직에 적응하고 역할을 잘 수행해 가는 것도 자신이 맡은 직무나 업무에 대한 포지셔닝이 잘되어야 가능하기 때문이다.

'진로취업컨설턴트'는 입직한 고객에게 맡은 직무를 구성하는 임무나 역할 등을 작은 '업무단위'로 쪼개어 보도록 해야 한다. 이른바 '직무 쪼개기'다. 지금 맡고 있는 직무를 최소 5개~10개 이상의 작은 역할이나 챙겨야 할 업무활동들로 분해해 보는 것이다, 조직에서는 그것을 '과업', 또는 '직무단위'라 한다.

이 작업이 구직자의 취업목표 설정에서 반드시 선행되어야 하는 이유이기도 하다.

쪼개어 본 과업들 중 나만의 '스페셜리티' 찾아라

[사례] '진로취업컨설턴트'의 직무를 나눠 보면 대개 '구직고객 상담', '취업알선', '행정업무'가 주 업무다.

물론 직급에 따라 프로그램 기획이나 제안영업도 있고, 위탁한 고객기관에 따라 참여자 모집 홍보나 고객사 관계관리 업무도 있겠으나 초급 진로취업컨설턴트의 역할로 한정해서 상담, 취업알선, 공통 행정업무 등 3개 직무로 분류해서 각각 쪼개어 보자.

표7 〈진로취업컨설턴트 직무별 과업내용〉

직무	상담	취업알선	공통·행정업무
과업	구직자 이력 분석	구직자 취업활동 계획	구직자 상담관리
	상담(계획) 설계	구직자 희망(가능) 업·직종	취업자 적응관리
	구직자 확인/안내사항 정리	구인기업·채용정보 분석	구인기업 담당자 네트워크
	레포형성/상호작용	구인직무 매칭/취업알선	구인정보,행사,프로그램 공유
	구직자 수요(욕구) 분석	입사지원서 컨설팅	부서 내 사례공유, 보고
	구직자 진로상담	면접대응 컨설팅	취업, 매칭, 칭찬사례 보고
	구직자 취업상담	취업지원 이력관리	구직자 총괄관리 현황

이렇게 직무별로 분류된 과업들을 다시 수행내용 중심으로 분해해 보자.

각 과업별로 처리내용, 수행과정, 완료할 결과물이 있기 마련이다. 또 과업의 상대적인 난이도와 소요시간, 업무수행에 필요한 K(지식), S(기술/자격), A(자세)가 있고, 나만의 강점이나 능력이 발휘될 부분이 있을 것이다. 상담직무의 과업을 예시로 아래 표와 같이 기록해 본다.

표8 〈상담직무 과업별 내용 분해〉

상담직무 과업	주요 성과물	난이도/소요시간	필요지식·능력	노하우/수준
구직자 이력 분석	취업준비 수준, 의지	B / 30‘		커리어분석력/A
상담(계획) 설계	상담 차시 구조화	B / 40‘		
구직자 확인/안내사항 정리	구직자 체크리스트	D / 10‘		
레포형성/상호작용	상담일지	A / 30‘		관계구축력/B
구직자 수요(욕구) 분석	욕구,동기부여 요인	A / 20‘		몰입·경청/A
구직자 진로상담	구직준비 근거	B / 20‘		심리.욕구파악/A
구직자 취업상담	취업준비도, 가능성	A / 30‘		

이처럼 현재의 직무를 분해하고 자신이 가진 강점이나 재능에 기반하여 집중 투자할 나만의 전략적인 과업을 지정해 본다. 이 단계가 되면 힘들게 감내해야 할 업무가 아니라 내가 주도할 전략적, 선택적 업무수행이 되고 완성도가 쌓여간다. 자신만의 ‘스페셜리티’다.

‘진로취업컨설턴트’는 본인이 해본 이 과정을 앞에 있는 구직고객에게 적용해 보아야 한다. 취업목표를 이미 설정한(희망 업종이나 직무 수준이라도) 고객이라도 그 직종에 대한 조사와 정리를 함께 해보도록 한다.

내가 왜 그 일을 하고 싶은지, 그 일의 어떤 부분이 내게 맞다고 보는지, 마음과 의지의 움직임을 잡아내야 한다. 특히 내가 하고 싶은 일인지, 남들이 나에게 권하거나 부여한 일인지 구분해 주고 다시 직면해 보게 하라.

학창시절의 경험이나 구직활동 과정에서 내 마음을 움직이고 행동하게 한 것들, 처음 겪어 본 사건에서 스스로 대응했던 상황들, 전혀 의외였던 순간에 탁월하게 발휘된 능력이나 성과가 있었는지 스스로에게 물어보고, 동료들이나 선배들에게라도 후기를 들어보게 하라. 구직자의 성향과 기질, 선호유형 등이 변별되고 그것들이 직무능력을 구성하는 탤런트의 단초가 되기 때문이다.

내게 맞는 과업, 직무내용 등에 대한 파악과 확인이 되었다면 지원회사와 업종에 대한 분석이 이어져야 한다. 그래야 구직고객의 다음 단기목표와 중장기적인 커리어의 방향성이 잡히기 때문이다. 이 부분이 잘 정립되면 자기소개서의 완성도와 연계된 면접대응까지 탄탄한 완성도를 갖추게 된다.

직장인들은 다 고단하고 힘든가

사람들이 자신을 의외로 잘 모르는 것은 자신을 막연하게 과대평가하는 부분에서도 알 수 있다. 그들은 대개 모든 면에서 평균 이상이라고 생각한다. 그래서 늘 하고 싶은 일이나 요직을 차지하려고 한다.

미디어를 통한 편향도 있겠으나 기획실장을 하고 싶지, 생산현장의 반장을 하고 싶지 않은 것처럼 백화점을 가도 입고 싶은 명품 매장에 눈길이 먼저 간다. 내게 맞는 일과 잘하는 일을 찾아가는 번거로움보다는 지금 당장의 무난함과 남들 보기에 폼나는 역할을 동시에 찾다 보니 끝없이 덜컹거릴 뿐이다.

지금 직장인들의 고단함도 현재의 위치와 자신의 로망 사이에서 좁혀질 수 없겠다는 아득함에 마음 한구석이 늘 불편하고, 조직이나 주변인들 때문에 자신이 제일 피해를 보는 것 같다는 안타까운 생각도 버리지 못한다.

'직업인'은 비즈니스맨으로서 해당분야의 마스터, 자유직업, 전문가 같은 느낌이 난다. 그러나 '직장인'은 소속감과 안정성이라는 느낌은 있으나 출퇴근, 월급, 조직 스트레스 등 적어도 성장과 가치라는 느낌은 없다.

왜 그럴까? 그 일들 속에 내가 없기 때문이다. 내게 맞지 않는 일을 숙명도 아닌, 습관처럼 관성대로 살아가기 때문이다.

8

구인기업, 얼마나 알고 있는가

채용 결정 방아쇠를 어느 순간에 당기는지 알고 있는가

#사례1

"부장님, 이분이 그날 지방에서 올라오자마자 첫 면접이라 너무 긴장해서 자기 능력을 제대로 보여주지 못했다고 하네요. 한 번만 더 기회를 주셨으면 합니다. 고2 때 부상으로 운동을 접은 후 스포츠마케팅을 해보고 싶어서 재수까지 하여 대학에 들어가 경영학을 전공했고, 부전공으로 미디어 커뮤니케이션도 공부했거든요. 고2 때 부상으로 트라우마가 있었는데, 면접 때 그 당시 상황에 대해 질문을 받으니까 자기도 모르게 멘붕이 왔던 거 같아요. ○○리그 스폰서 마케팅팀에서 인턴근무 성적도 좋았다고 하는데, 그 부서 팀장님에게 통화를 해서 평판도 들어보시면 얼마든지 좋은 인재가 될 수 있다는 것을 아실 수 있을 거예요. 한 번만 더 면접기회를 주세요. 부장님~"

스포츠마케팅 부문 면접전형에서 저조한 평가를 받은 지원자를 패자부활시켜 보려고 담당 컨설턴트가 거의 읍소하다시피 인사담당자를 설득하고 있다.

며칠 전 면접을 다녀온 지원자의 후기를 듣는 과정에서 지옥에 떨어진 듯한 절망적인 표정을 보고 컨설턴트는 위로와 함께 면접도 적응이 필요한 성장통임을 애써 강조하면서 돌려보냈다. 그리고 면접 다음 날 합격자 발표 전이지만, 추천을 받아 준 담당자에게 면접 결과를 확인했다. 역시 쉽지 않을 거란 대답에 황급히 담당 컨설턴트로서 재심을 요청한 것이다.

휴대폰을 든 채로 한동안 말이 없던 컨설턴트는 마침내 힘없이 수화기를 내려놓고는 가느다란 한숨을 뱉는다. 역시 입사전형에서 패자부활전은 없는 것이다.

#사례2

7개월 뒤 ○○구청 주최로 '언택트 청년채용 박람회'가 열렸다. 강소기업, 스타트업 기업들의 '구인·구직 만남의 장'이었다. 30여 내외 기업들이 참여가 예정됐지만, 2개 기업이 D-2일 전 내부 사정으로 불참 통보를 해왔다. 행사주관과 진행을 맡은 위탁기관 소속 컨설턴트는 급히 전화를 돌렸다.

"파트장님, 프론트엔드 개발자 상시채용 하신다 했죠? O월 O일 비대면 박람회에 참여해주세요. 경력은 짧지만 적임자를 직접 매칭해 드릴게요."

"박 대리님, 저번에 신규 프로젝트 런칭하면서 미디어마케팅 리더급 필요할 거라고 하셨잖아요. 뽑으셨어요? 아직 채용 안 하셨으면 이번 박람회에 반나절만이라도 참여해 주세요. 제가 정말 괜찮은 친구를 동행 면접해서 지원해 드릴게요."

언텍박람회에 불참한 기업들을 대신할 구인기업 섭외를 하고 있는 것이다.

'진로취업컨설턴트'의 핵심 경쟁력, 나아가 반드시 필요한 역량 중의 하나가 이처럼 채용 부문이나 HR 담당자와의 네트워킹이나 소통 능력이다. 구직자와의 신뢰 확보와 상호작용도 중요하고 취업 가능성을 높이기 위한 전략적 준비도 필수적이지만, 결국 구직자의 취업 성과로 담당 '진로취업컨설턴트'의 진짜 역량이 입증되는 것이다.

결국 기업의 구인 수요와 정보를 얼마나 확보하고 공유하고 있는지가 필살기다. 구인 정보 자체는 취업포털에 넘쳐나지만, 구직자에게 맞는 구인내용, 경쟁력을 발휘할 수 있는 채용정보는 채용담당자와의 개별적인 소통과 서치를 통해서 발굴이 가능하다.

'진로취업컨설턴트'가 개별적으로 확보, 유지하고 있는 HR·채용 담당자 네트워킹이다. 헤드헌터와의 협업을 통해서, 취업박람회에 참여한 구인기업 담당자와의 관계 구축을 통해서, 지인들의 추천과 소개를 통해서 알게 된 HR 담당자와의 교류와 관계관리를 통해 그들 회사의 구인 수요나 채용계획들을 상시적으로 공유할 수 있다.

경험이 풍부한 '진로취업컨설턴트'라면 기업의 부문별 채용기준이나 선호하는 인재에 대해 먼저 체크하는 전형요소까지도 파악해낼 수 있다. 그 과정에서 기업에 맞춤인재들을 추천해 주고 후속 관리까지 챙기면서 구인·구직자 모두에게 맞춤형 코디 역할을 하는 것이다.

구인기업 입장에서는 수시·상시채용과 사업부문별 개별 채용 추세여서 이런 맞춤 인재 추천과 조직적응 관리 등 '진로취업컨설턴트'들의 역할을 더욱 긴요하게 여기고 있다. 발빠른 컨설턴트들은 '인사쟁이가 보는 실무카페', 'HR어울림', 'HR마니아' 등 HR 담당자들이 모여있는 온라인 카페에 가입하여 그들의 이슈와 고민들을 공유한다.

또 'NCS 능력중심 채용모델', '퇴직자 재취업 지원', '블라인드 채용' 등 인사 담당자들이 관심을 가질 만한 채용 관련 이슈를 다루는 세미나나 설명회에 참석, 상호소통하면서 자연스럽게 인연들을 만들어가고 있다.

네트워크가 확장되면서 전략적인 '진로취업컨설턴트'는 업·직종별로, 기업 규모별로, 고용 형태별로 구인 수요들을 업데이트해 간다. 나아가 관리 대상 구인기업들의 신규사업이나 해외 진출 등 새롭게 확장되면서 인력수요가 추가로 발생할 수 있는 뉴스나 동향들도 챙기고 있다.

그러나 현실적으로 이런 폭넓은 구인기업 확보와 전략적인 구인 수요 관리를 하고 있는 '진로취업컨설턴트'는 극히 드문 현실이다. 정부나 지자체 주도의 위탁사업의 수행 여건 상 정해진 상담 프로세스의 한계, 구직자의 인식과 준비 부족 등 여러 제약 때문이다. 그럼에도 '진로취업컨설턴트'의 준비된 기획 마인드와 세밀한 준비가 재개되어야 할 시점이다.

이제 기업들의 구인 프레임과 이슈를 들춰보자.

공채시대는 가고 수시·상시·소수채용으로 가고 있다. 그리고 능력중심 채용, 블라인드나 AI전형 등 공정 채용의 프레임들을 구체화해 가고 있다. 수시·상시채용은 준비된 인재를 같이 일할 사람이 그때그때 직접 선발하는 것을 근간으로 한다. 적재적소의 최적 매칭이 더 정교해지고 확대될 것이라는 사실이다.

기업규모가 작고 IT 기반의 스피드한 조직일수록 기존 업무에 의존하는 '프리랜서형'보다 주도적으로 비즈니스를 수행해 가는

'인디워커형'들을 선호한다. 다만 이들의 조직문화 적응 여부와 협업능력이 관건이 되고 있다고 한다.

업무수행은 충분히 독립적이고 자율적으로 하되, 일정 단계에 들어서면 구성원 간 협업, 부서의 목표나 방향성에 따라가는 연계와 조정능력이 요구된다. 이때 원활한 소통과 이해심이 필요하다. 자신감과 자존심은 구분하고, 의견과 주장보다는 팩트와 근거를, 방법 이전에 왜 하는지에 대한 의미와 이유를 공유할 수 있는 민감한 업무적 감수성이 요구된다.

내 제안과 프로그램이 채택되지 않을 수도 있고, 결함이 발견될 수도 있다. 불편한 매니저와 협업이나 부담스러운 과제를 떠안을 수도 있어서다. 때문에 요즘 기업들은 규모를 막론하고 불확실하고 힘든 트러블 상황을 견뎌내는 스트레스 내성에 주목하고 있다. 자기관리와 평상심이 무너지면 당사자도 힘들지만, 조직 전체에 폐해가 미치기 때문이다.

취업 추천, 채용박람회, 채용대행 등을 통해 만난 HR 담당자들은 원하는 인재상을 말할 때 표현과 뉘앙스는 다르지만 결국은 '착한 사람'이란다. 구체적으로 말해 달라 하면 그냥 '진짜 착한 사람'이란다.

최근 인사와 마케팅 업무를 28년간 해오다 은퇴하신 분을 만나 같은 이야기를 나누다 필자는 자연스레 극히 현실적인(?) 인재상이 정립됐다. '진로취업컨설턴트'들과 함께 진지하게 돌아보고 싶은 대목이다.

최소 2명 이상이 되는 조직이라면 어느 기업이든 착한 사람은 3가지로 요약된단다. ① 성실, ② 책임감, ③ 기본과 원칙이다. 특히 신입사원들에게 더욱 중요한 덕목이란다.

'성실'은 꾸준함이다. 앞서 말한 어려움을 견뎌내는 내성도 여기에 해당한다. 늘 솔선하고 남을 배려하는 덕목과 기한을 엄수하는 신뢰도 해당된다.

'책임감'은 주도성이다. 정교함과 구체성을 담보한다. 비용개념을 알았으면 좋겠다는 인사담당자도 이를 강조했다.

'기본과 원칙'은 규정과 상식을 존중하는 마음, 약속은 반드시 지킨다는 마인드와 나와 조직의 목표와 가치를 맞추어 가고, 조직 내의 협업(조화) 능력을 포함한다고 한다.

신입사원이나 초급 경력자일수록 조직 내 온보딩 과정에서 리스크를 최소화하는 모습을 기대하면서도 계산이 서는 예측 가능한 인재를 우선 꼽고 있는 것이다.

필자가 여타 인재상으로 들이대 본 '성취동기가 돋보이는 사람', '미래를 볼 줄 아는 사람', '열정과 균형감각을 갖춘 사람', '디테일한 일 처리 습관을 가진 사람', '대담한 시도와 도전을 실행해 보려는 사람' 등은 모두 그다음이란다.

9

내 선택에 대한 정교한 자신감+절박함 =존재감 부각

지원자인 나는 없고 기업만 바라보는 짝사랑은 필패

① "내가 그때 왜 그랬는지 지금 생각해봐도 모르겠다?"

② "평생을 살아도 자신은 모르면서 남은 한 번만 딱 봐도 안다?"

③ "너무 튀어도 안되고, 너무 못해도 안되니까 중간 정도는 해야 무난하게 통과한다?"

필자는 지금까지 자신의 실수나 과오를 ①처럼 애기하는 사람들을 지금도 이해할 수 없고, 주변 사람들을 뒷담화하면서 ②와 같이 단정해버린 사람들은 경계하고 학교생활, 사회생활을 준비하면서 주변에서 일러준 ③과 같은 조언들은 늘 불편하게 다가오는 말들이었다. 아직까지도 생생하게 말이다.

③의 충고들은 민주화운동이 캠퍼스를 휘감던 시절에 '시위대

앞에 서면 주동자고 뒤에 서면 배후 조정자'라는 자조 섞인 통설들이 파다했던 적이 있기도 했다. 여러 사람 앞에 나섬으로써 집중되는 시선과 시기·질투를 예방하고, 겸양의 미덕을 의식한 심적 배경도 작용했을 것이다.

그러나 취업을 위한 입사지원서 작성과 면접전략에서는 가장 금기시해야 할 필패적 요인들이다. '진로취업컨설턴트'들은 위의 세 가지 속설을 뒤엎는 대안적 컨설팅을 확실히 설계해야 한다.

① 나의 말과 의견, 선택과 행동들에는 반드시 내가 생각하는 배경과 동기가 명확해야 하고, ② 자신의 장단점과 업무적 강점, 가능하다면 나만의 묵혀둔 끼와 깡을 넘어 자신의 성향과 속성, 탤런트까지 충분히 파악하고 있어야 한다. 나에 대한 정확한 앎이 자기존중의 시작이다. 나의 주체로서 자신을 살피고 마음을 챙겨보는 마인드 컨트롤이 그 바탕이다. ③ 면접유형이 어떻든, 현장의 대기시간이 어떻든 분위기나 상황에 따라 적시에 적절한 워딩과 멘트를 다하고 잠깐 멈춤이 필요하거나 주변을 인지해야 할 상황에서는 찬찬히 살피면서 가는 조절력이 필요하다.

여전히 면접 현장에서 이 같은 준비를 생략한 지원자들의 엇박자 현상이 돌출되곤 한다. 자신이 주도적인 성향이라고 소개해 놓고 성격 단점엔 남의 눈치를 많이 본다는 지원자, 친화력이 좋다고 했는데 새로 배치된 부서의 동료 때문에 마음고생했다는 지원자, 경단녀 진로 컨설팅에 관심이 있다고 하면서도 정작 경단녀인 자신의 커리어 목표는 불명확한 경우도 있었다.

나에 대한 명확한 이해와 동기가 없기에 자신의 선택에 대한 자신감이 있을 리 없다. 면접에 임해서도 질문에 끌려다닐 수밖에 없다. 면접관은 면접이 끝나도 지원자가 어떤 사람인지를 모른 것이다.

어떤 사람인지 판단이 안 서는데 선뜻 합격점을 줄 리 만무하다.

대체 '나 중심의 입사전략'은 어떻게 준비해야 할까?

간단한 이치다. 입사를 원하는 기업보다, 내가 하고자 하는 직무보다 '나'라는 주체를 가장 중심에 놓고 나만의 진로 설계, 나로부터의 취업계획이 세워져야 한다. 나 자신의 강점과 역량에 대해서 냉정한 진단을 먼저 해보고, 내가 어떤 역할이나 활동을 좋아하는지, 그 일을 왜 하려고 하는지, 나에게 그 일이 무슨 의미와 가치가 있는지 자신의 가치관이나 비전과 연계하는 자기 확신이 먼저다.

이에 대한 검증과 확신을 토대로 선호하는 업무 유형이나 비즈니스 아이템을 정립하고, 지원 분야와 관련된 공모전, 일 경험, 자격증 취득 등 직무형 스펙 활동으로 접속된다.일에 대한 가치관이 예비 직업인으로서 경력들과 맞물려가는 자소서로 정돈되어 가는 것이다. 이어 지원기업에 대한 기본정보와 이슈 등에 대한 조사와 연구를 통해 지원 동기나 입사 후 포부, 향후 중장기적인 목표와 비전까지 설계해 볼 수 있다.

면접관의 질문에 대한 대응도 잘해야 하지만, 지원자의 답변내용에 따라 후속 질문을 받는다는 것은 아주 긍정적인 신호로 볼 수 있다. 면접 이미지와 호감도에서 벌써 차별화된 느낌을 받을 수 있다. 합격을 넘어 입사 후에도 조직 내 직무 인싸로 등극하고 츤데레 매력까지 발산할 수도 있는 새로운 버전의 커리어라이프가 펼쳐질 것이다.

대표적인 정부 일자리사업인 '국민취업지원제도'나 '재취업지원서비스'에도 여타의 취업지원에 앞서 구직자의 취업지원 계획을 요구한다. 즉, '취업로드맵'이다.

'진로취업컨설턴트'는 구직자가 일을 통해 이루고자 하는 미션과 비전, 그것을 기반으로 한 취업목표와 수행과제 등이 제시되도록 조력해 주어야 한다.

그들에게는 입사와 일자리 확보가 더 급하고 현실적인 문제다. 그럼에도 그 일자리가 내게 어떤 의미와 성취감을 가져다주고, 그 일을 통해 어떻게 성장하고 무엇을 이루고자 하는지를 늘 생각하게 해야 한다. 그것이 면접관들의 추가 질문을 유도하고 자신의 존재감을 선명하게 하기 때문이다. 취업로드맵이 짱짱하게 수립되어야 전략적인 자기소개서 작성과 실전 면접의 대응력을 높일 수 있음을 '진로취업컨설턴트'들은 잘 알 것이다.

지원동기를 자신의 경험과 연계하든, 자격증과 우수 인턴과정의 성과를 제시하든, 어려운 상황을 극복하고 주도했던 성취경험 등을 강조하는 것은 그다음이다.

결국 나는 어떤 의미와 가치를 위해 그런 목표를 세웠고, 그에 따른 어떤 준비와 경험을 해서 나름 축적된 마인드와 역량을 갖추고 귀사에 입사하여 어떤 성취를 이뤄내고 싶다는 출사표를 보여주는 방식으로 준비해야 한다.

입사지원서는 이를 보여주기 위한 나 중심의 제안서이고, 면접은 그것들을 증명하기 위한 한판의 승부인 셈이다. 어느 누구보다 뛰어난 프로모션이 될 것이다. 왜냐하면 그 누구보다 구체적이고 특정되었기 때문이다. 그 목표에 자신만의 소중한 가치와 의미가 있고, 마음가짐과 행동에는 그 배경과 동기가 명확하기 때문이다. 또 그랬기에 실행과 방법이 적극적이고 성과물도 남다르다. 구체성이 진정성과 지속성을 담보한 것이다. 명확한 방향성에 절박함이 더해진 것이기 때문이다.

第6장 4번 항에서 소개한 '나에게 맞는 일'을 찾아가는 프로세스'를 다시 한번 복기해 보면 좀 더 선명하게 이해되리라고 본다.

여기서 주목해야 할 부분이 하다 더 있다. 이러한 '나 중심'의 준비된 지원자를 잘 표현해야 하는 입사지원서다, 특히 자소서는 지원자의 이미지와 호감도에 결정적인 영향을 미치기도 한다.

자소서의 진정성과 완성도의 문제다. 이는 입사 후 조직구성원으로서의 문서 작성력과도 연결되기 때문이다. 문서작성은 조직을 넘어 비즈니스 현장 어디든 기본적인 소통 방식이기 때문이다. 문자나 톡에 대한 습성은 극히 제한해야 한다. 문서를 통한 보고와 공유에 익숙해져야 한다. 현실적으로는 문장을 구성하고 적절한 용어를 구사하는 글 쓰는 능력이 어떤 직종이든 기본 역량으로 요구되고 있기 때문이다. 신입사원들의 기본적인 직무능력에서 '진로취업컨설턴트'들도 주목해야 할 부분이다.

비대면 소통과 디지털 전환이 더욱 고도화되고 있는 추세에서도 기업 10곳 중 8곳 이상이 '젊은 세대의 국어능력이 심각하게 낮다.'고 봤다.(사람인, 2021)

이들의 저조한 국어능력으로 파생된 업무 관련 불만족한 부분이 보고서, 기획안 등 문서작성 능력(65%, 복수 응답), 구두보고 및 이해능력(39.6%), 이메일 등 텍스트 소통능력(24.6%), 회의·토론 능력(21.9%) 등의 순으로 나타났다.

관련된 OECD 연구보고서에 따르면 문해력이 뛰어난 사람이 낮은 사람보다 연봉이 2.7배, 취업률이 2.2배나 더 높았다고 한다.

순간 어떤 기시감처럼 떠오른 내용이 있어 자료를 훑었다.

3년 전에 취업포털에서 발표된 설문 결과였는데, 구직자 10명 중 8명 이상이 구직과정에서 "취업 고민을 나눌 멘토가 없어서 제일 어렵고 난감하다."고 했고, "내가 지원한 회사에서 왜 떨어졌는지 그 이유라도 알았으면 좋겠다."고 했다.

입사 전형에서 떨어진 당사자에게 그 이유는 수백 가지가 넘을 수도 있고, 아예 그 이유조차 모를 수도 있다.

그런데 불합격 이유가 정말 수백 가지나 될까? 아니면 진짜 이유 없이 떨어진 것일까? 이들에게 단순한 '취업코디'나 '멘토'가 아닌, '진로취업컨설턴트'로 자리매김되어야 하는 엄연한 이유다. '내가 떨어진 이유? 지원자인 나는 없고 기업만 바라보는 짝사랑 지원이 아니었는지' 그것부터 짚어보게 하자.

4 노동시장 이해 & 잡매칭

구직자와 궁합 맞는 비즈니스가 기준

10

"비서울지역 계약직인데 갈래요?"

지원 결정은 '자리'보다 '일' 자체의 안정성과 성취동기 여부

'산업시스템공학'을 전공한 이제 1년 차 취준생 내담자가 있었다.

전공분야라 해서 '시스템 최적화'만을 목적으로 하기보다는 비즈니스 수행체계나 조직 구조 안에 관성화된 시스템을 전혀 새로운 컨셉으로 재구조화하는 과정에 상당한 의미와 즐거움까지 느꼈다는 취업준비생. 그런 열정과 노력으로 S디자인 교육원에도 입학해서 디자인을 융합한 실무 감각까지 익히고, 두 군데 대기업에서 산학연계 프로그램까지 참여하면서 자신의 커리어를 차곡차곡 쌓아오던 그에게 딱 맞춤 구인정보가 나왔다.

인사담당자를 통해 추가적으로 확보한 직무내용은 이랬다.

주된 직무내용이 정보기술과 정보시스템을 기반으로 한 생산과 물류시스템 최적화 부문인데 인간공학, 감성공학에 대한 이해도가 있는 신입직원을 선호한다는 것이었다.

그 취준생은 합격에 대한 자신감을 넘어 비로소 진짜 내 일을 찾아냈다는 설렘이 가득한 표정이었다. S디자인 교육원으로부터 추천서도 받을 수 있다고 했다. 문제는 그다음부터였다. 그 회사는 평택에 위치해 있었고, 그 취준생의 집은 의정부였다. 더구나 1년 계약직이었다. 1년 뒤 정규직 전환 기회는 있으나 100% 확정은 아니라고 했다. 순간 혼란에 빠진 그에게 당신은 그래도 지원하라고 할 것인가, 바로 손절하고 다른 곳을 알아보자고 할 것인가.

물론 여기에는 부모님들의 관여와 역할도 아주 중요하지만, 대부분 첫 입직 때 불리한 조건의 취업은 대부분 만류하기 마련이다. '비계인(비정규직, 계약직, 임시직)'처럼 불완전취업이라는 인식과 지방이라는 현실적 제약이 무겁게 버티고 있기 때문이다.

급속한 디지털화로 1인시대가 새로운 트렌드 세터와 화두가 되고 있다. 나아가 '공동체의 끝'이라는 말까지 나오고 있다. 코로나19 영향으로 비대면이 더 익숙해지는 MZ세대를 의식한 재택근무, 언택 교육, 가상면접 등이 뉴노멀화되면서 1인시대의 트렌드는 직업이나 비즈니스업계에도 광범위해지고 있다.

유튜버 셀럽들의 영향력이 산업화, 브랜드화로 이어지고 있고 전문가, 교수, 유명인들이 독점했던 출판시장도 지식과 경험, 스토리가 풍부한 이들의 콘텐츠를 발굴, 출판까지 원스톱으로 신인작가들을 지원함으로써 차별화, 개별화되어 가고 있다.

1인 방송, 1인 창작자 시대가 독점이 아닌 공유시대를 이끌어 내듯이 비즈니스도 1인기업, 소기업 형태로 꾸준히 생겨나고 있다. 정부의 정책적 지원을 포함한 비즈니스 생태계 문제로 연착륙에 애를 먹고 있으나 1인기업, 1인 비즈니스 러시는 계속되고 있다.

취업이나 진로활동 또한 개별화되어 가고 있다.

집체교육이나 정해진 그룹활동 캠프, 워크숍보다는 개인의 욕구와 수준, 수요에 맞춘 1:1 컨설팅이나 개별적인 피드백을 우선한다. 집단 활동도 같은 방향이나 유사 분야에 그룹핑된 소그룹 스터디만 선별해서 제한적 참여만 할 뿐이다.

'진로취업컨설팅'도 1:1 개별컨설팅을 위한 맞춤 설계와 공감코드를 이해해야 한다.

인간의 가장 기본적인 욕구(1차 욕구)가 편안함, 안전함, 쾌감(먹고, 웃고 즐기는 것)이라고 한다. 2차 욕구는 인정, 성취, 재미 등 본인 스스로 느끼는 성취감, 효능감 같은 존재감을 말한다.

최근 들어서는 개인 단위의 가치와 의미(소확행 등), 특히 현실 기반의 가치와 비전을 위한 3차 욕구가 중요해진다고 한다. 고민과 어려움 해소, 문제 해결, 그리고 그것들을 통한 자신만의 향상, 성장이다. 즉, '문제해결력'이다.

취업에 성공했다고 하더라도 이들의 3차 욕구는 직무와 조직 적응도 중요하지만, 더 우선인 것은 자신의 커리어 욕구와 부합되어야 한다는 점이다. 자율성을 중요시하는 만큼 자신이 통제하지 못하는 획일성과 타율도 불편해한다. 직무와 조직에 적응하지 못하고 조기 퇴사하거나, 적응해 가더라도 일 자체가 자신의 커리어와 욕구에 어긋난다는 점을 이유로 지체 없이 회사를 옮기는 이들도 갈수록 늘고 있다.

또한 신입사원 때 출퇴근 거리와 정규직 여부도 우선 재고해 보아야 할 변수다. 결코 소홀히 할 수 없는 1차욕구와 직결된 문제다.

따라서 미래형 '진로취업컨설턴트'는 구직고객의 개인별 문제해결력을 키우고 지원해 주는 것이 기본 덕목이자 핵심역량으로 요구된다.

가치와 즐거움이 동반된 '문제해결형' 돈벌이 주목

현대 비즈니스의 개념도 책임과 소명에 따른 돈벌이에서 가치와 즐거움이 동반된 돈벌이, 문제해결을 통한 돈벌이 방식으로 진화되고 있다. 플랫폼 기반의 재능 비즈니스나 수요자 매칭서비스인 숨고, 탈잉, 크몽, 위시캣, 탤런트뱅크 등도 그런 형태다.

어떤 일이나 닥친 문제를 처음 당해보고, 시작하고, 수행해야 하는 사람들에게 실질적인 도움과 문제해결을 도와줄 수 있는 사람이 적시적소에 필요해진 것이다.

한 달 뒤 고율의 세금 민원을 컨설팅해 줄 사람보다는 지금 당장 집에 보일러가 고장 났을 때 바로 출장 나와서 족집게 같은 원인진단에 이어 수리까지 완료해 주는 배관공이 훨씬 더 인기직종이 되고 있다. 개인적인 생활밀착형 문제해결형 전문가라서 그런 것이다. 개인화된 욕구에 맞춰 충분히 검증된 전문가의 도움이 간절해진 것이다. 현대 전문가의 개념은 지식과 경험이 유통되는 시대에 지금 바로, 나만의 문제를, 조속하고 확실하게 해결하고 처리해 줄 해결사를 필요로 하는 것이다.

바로 여기에서 자신의 진로나 취업문제라면 더 깊은 속마음과 욕구를 들여다보아야 한다. 지금 세간의 평가를 못 받아도, 당장은 막연하고 불투명해 보여도, 자신만의 비전과 목표를 위해, 나만의 재미와 의미가 와 닿는 일을 찾아보려는 그것. 그것을 미련 또는 똥고집이라 하더라도 내 안에 잠재된 욕구와 잠재력이 응축되어 있는 그 일의 단서를 끄집어내 보고 싶은 욕구는 앞서 말한 2차 욕구이고 3차 욕구까지 이어지는 본능이기도 하다. 다만 현실적인 제약과 남들의 시선이 앞서 가로막고 있기 때문이다.

그래서 스스로 발견한 나의 욕구와 동기도 확인받고 동의받고 싶은 마음, 더 나아가 회복하고 싶은 자존감은 더 간절해진다. 이런 구직자의 개별적인 문제해결 능력을 지원해주는 것이 '진로취업컨설팅'에서 특히 중요해질 수밖에 없는 이유다.

철저히 고객중심, 고객 수요에 집중하는 문제정의와 원인 규명(골드타겟)에 이어 혼자서도 주도적으로 잘 해내고 처리해 갈 수 있도록 조력하고 지원해 주는 컨설팅 역량이 필수적이다. 그것이 가장 최적화된 개별적 '진로취업컨설팅'이다.

지난해 모 일간지에서 '표준자소서'가 필요하다는 논지의 칼럼을 봤다. 통상 정해진 자소서 분량이 2000~4000자 정도인데, 수십 군데 원서를 내야 하는 취준생에게 '희망 고문'이라는 이유에서란다. 성장 과정, 주요 경험, 핵심역량 등으로 항목을 만들고, 글자수 상한선을 둔 '표준자소서' 하나만 준비하여 두루 제출할 수 있게 하자는 것이다.

모 대학 의예과 입학생 생활기록부가 총 28장(1차진로 의사→신경과→신경외과 순으로 진로 구체화 과정)이나 된다. 취준생이나 이·전직을 비롯한 재취업자들에게는 '의학'이라는 전문분야가 아니라서 표준화된 자소서로 대체 가능하다고 볼 것인가?

의예과 입학생 생활기록부 이상의 취업진로와 이·전직 단계에서 훨씬 더 많은 심리적, 환경적 요인과 수백 번도 더 바뀌는 고민과 의사결정 사이에서 함께 동행하며 풀어가야 할 진짜 개별화된 컨설팅이 절실한데도 말이다.

어찌 됐든 앞서 소개한 산업시스템공학 전공자인 그 취준생이 당신 앞에서 여전히 망설이고 있다. 무슨 말을 어떻게 해주겠는가?

11

'함께하자' 악수 받는 지원자가 진짜 '갑'

부서 분위기, 직속 선배가 첫 입직 성패 좌우한다

 # 사례1

안녕하세요! 주식회사 ○○○○라고 합니다.

저희 회사는 화물운송과 컴퓨터프로그램(어플리케이션) 개발회사로 안산 ○○○○에 위치하고 있습니다.

저희 회사는 팀제로 운영합니다. 각 팀명은 '운송서비스팀', '경영지원팀', '영업기획팀', '솔루션사업팀', 이렇게 4개 팀으로 나눠져 있고요, 경기도 화성에 지사가 있습니다. 근무하시게 된다면 경영지원팀으로 배치받게 됩니다. 경영지원팀에는 부장님과 계장, 주임, 사원 이렇게 4명이 있는데 부장님만 빼고 나머지는 모두 여성분들입니다.

부장님께서 조금 특이하신 분이라 적응하는 데 조금 걱정스럽기도 하지만, 세상 착하신 분이니까 괜찮을 겁니다. 가끔 큰 언니(결혼했음)께서 가벼운 갈굼을 행하기도 하는데 월중행사라 보시면 될 듯합니다.

그리고 직원들 뼈(Bone)를 생각해서 아침마다 신선한 우유를 제공합니다.

현재 ○○○에서 강력 추천하는 ○○우유를 제공하고 있습니다. 혹시 뼈가 안 좋으신 분은 제 것까지 드셔도 됩니다. 전 뼈가 튼튼하니까요~

<중략>

정말 회사 상호만 봐도 사람들이 좋아 보이지 않나요? ○○○이 좋은 회사 주식회사○○○○와 함께 미래를 꾸려나갈 여러분들을 기다리겠습니다.

제출서류 : 이력서와 자기소개서(사진이 없으면 못생긴 걸로 알겠음. 잘났다고 해서 가산점은 없음)

<후략>

온라인 채용, 플랫폼 채용을 넘어 AI 채용까지 도입되고 있는 와중에도 다소 레트로풍인 듯한 구인 문구에 눈길이 멈추고, 몇 번을 더 들여다보게 한다. 능력 중심 채용이 부각되면서 모집 부문이나 직무내용이 쉽고 상세하게 안내가 되는 채용공고도 늘고 있다.

위의 공고에는 모집부문인 '경영지원팀' 업무에 대한 상세내용은 빠져 있지만, MZ세대의 마음을 제대로 저격했을 것이다. 눈에 확 띄면서도 마음을 열고 지원해 보고 싶은 채용공고문이다. 반전이 있다. 이 공고는 11년 전에 취업포털에 실제 게재됐던 채용광고다.

구직자가 첫 출근한 기업 또는 이직한 직장의 환경이나 분위기는 입사자의 직무나 조직 적응에 제일 중요한 요인이고 변수가 된다. 지원한 업무나 비전 못지않게 중요하다.

당장 느끼는 현실감 때문에 급여 수준이나 복리후생, 출퇴근 시간보다 더 우선되는 변수다. 취업이 목표일 때는 지원 부문 관련 나의 역량, 스펙, 그리고 지원기업의 연봉, 비전, 발전 가능성을 포함한 대외이미지 정도다. 다만 이마저도 무의미하게 만들어버리고, 심지어는 조기 퇴사까지 이르게 되는 아킬레스건이 바로 입사 부서 구성원들의 성향과 업무 분위기다.

'진로취업컨설턴트'가 취업 알선까지 한 회사라면 이런 부분까지 파악할 수는 없다고 해도 기업평판이나 브랜드 이미지는 〈앱〉이나 동종업계 기 취업자를 통해 지속적으로 모니터링해 보아야 한다.

구직자가 희망했던 직무여도, 연봉과 복리후생에 만족해도, 집에서 가깝고 아는 선배가 근무한 곳이라 해도 조직문화나 부서의 분위기가 경직되어 있고, 시간이 흘러도 주변 구성원들과의 융합이 어려워진다면 심각한 위기를 불러오게 된다. 자기 개발은 고사하고 조직과 직무 적응에 빨간불이 켜지기 때문이다.

때문에 취업추천이나 지원 전에 우선 체크해 볼 기업들을 팝업해 본다. 물론 필자의 인식이나 판단에 한한 것이다,

'가족이 주요 경영진으로 구성된 회사', '화장실이 청결하지 못한 회사', '사무실 분위기가 계속 조용한 회사', '퇴사율이 꾸준히 높은 회사'는 한 번 더 확인을 해보아야 한다. 경력이 쌓인 '진로취업컨설턴트'라면 이에 대한 어느 정도의 확인과 판단이 필요하다. 가

족회사는 주먹구구식 경영이 우려되고, 화장실 청결 관리는 회사에 대한 애정이나 소속감을 반영하고, 모바일 메신저나 메타버스에서 활발한 소통이 있다고 해도 너무 조용한 회사는 상명하복 또는 경직된 조직문화에서 비롯된 것일 수도 있다.

퇴사율이 높은 회사는 기피대상이긴 하지만 예외적인 이유도 살펴보아야 한다. 일시적, 계절적으로 단기직을 많이 고용할 수도 있기 때문이다. 취업포털이나 기관 사이트에서 연중 수시 채용공고 수를 확인해 보는 것도 방법이다.

기업들의 채용전략과 방법들이 다양해지고 있는 만큼 '진로취업 컨설턴트'는 기업의 HR이나 채용부문 담당자와의 네트워킹을 잘 유지해야 한다. 업종, 직종별로 채용 방향이나, 입사전형 등에 대한 이슈나 트렌드들을 파악해 두어야 구직고객 취업알선 단계에서 명확한 의사결정과 취업 가능성을 끌어올릴 대응방안 수립도 가능하다.

소통 대상도 채용부문 시니어급 관리자와 실무자급(입사 3~10년 차)이 모두 포함되면 더 입체적인 공유가 될 것이다. 헤드헌터와도 충분한 교류를 통해 구인·구직 이슈를 동시에 챙겨가야 한다.

그만큼 구인기업도 채용경쟁력이 있어야 한다. 대기업은 기존의 인지도와 후광효과로 지원자가 몰리지만 중견기업, 특히 중소·강소기업들은 심각한 구인난에 처해있고, 입사 후에도 조기 이탈자가 늘고 있다. IT기업이나 일부 서비스업들은 임금수준과 복리후생을 끌어올리며 대기업과 달리 기회의 평등을 어필하고 있지만 뚜렷한 골든크로스는 없다.

MZ세대의 정서와 동기요인들을 공유하고 손에 잡히는 비전을 공유하는 채용브랜드 전략이나 마케팅이 동반되어야 할 시점이다. 중소·강소기업은 청년 채용 시 인건비 지원 등 정부의 일자리 지원 정책도 참고해 볼 필요가 있다. '진로취업컨설턴트'로서는 대상기업에 지원내용이나 혜택을 알려주는 과정에서 꽤 요긴한 구인수요와 채용정보를 확보할 수도 있다.

이제 구직자의 입장에서 컨설팅해 주어야 할 부분을 되짚어 보자.

지원기업이나 직무가 타게팅되어 잘 준비되어야 하는 것은 주지의 기본사항이다. 그렇다면 입사 전형에서 타고난 강점, 준비된 열정과 책임을 어떻게 부각시키고, 어느 지점에서 면접관의 마음을 파고들 것인지가 중요하다. 셀프 프로모션 전략이다. 가장 우선은 키워드 선점이다. 직무수행 요건과 지원자의 성향을 엮어주는 단어나 문장이면 더 훌륭한 포석이다.

초급 게임개발 지원자라면 '게임지배자', 기술영업직이라면 '싫은 사람과도 차 한 잔 담백하게 나눌 수 있는 사람'처럼 핵심단어나 문장을 도출해 보라.

IT개발 부문에서는 면접까지 올 정도면 엇비슷한 스펙과 경쟁력들이 모여든다. 승부처는 개발자의 캐릭터나 일을 대하는 생각이나 자세가 될 수 있다.

카이스트 학생들의 추천 도서엔 시집(詩集)이 빠지지 않는다. 하이테크 개발자들의 인문학적 소양을 기대하는 현상들이 주목을 받고 있다. 더 나아가면 원자력발전 학자들이 어떤 가치관과 생각을 하느냐에 따라 미래 에너지원 확보냐, 지구 공멸의 핵개발이냐 라는 양극단의 결과를 낳기 때문이다.

"저는 게임의 지배자입니다. 그리고 게임의 다음 세상을 봅니다."라고 워딩을 하는 개발부문 지원자에게 어느 면접관이 흥미롭게 후속 질문을 하지 않겠는가?

지원자는 준비된 생각들을 또렷하게 전달하면 된다. 그래야 말 자체도 생기가 돌고 힘이 느껴진다. 게임의 지배자는 게임개발에 몰입하되 매몰되지 않고 지배하는 주도성과 정체성을 유지할 수 있다는 자신감이 그대로 배어 나올 것이다. 게임개발 연수경력과 대학 동아리 게임공모전 입상 실적 등을 강조하는 것은 그다음이다. 이런 강점이나 차별성들은 면접 전에 제출된 자기소개서에도 부각될 수 있도록 지원자의 스토리나 경험들이 구조화된 형식으로 표현되어 있어야 할 것이다.

결국 해당 부문의 필요 인재를 선발하는 면접이지만, 경쟁우위의 낙점보다는 지원자의 캐릭터와 선명성 등 그 사람만의 유일함과 진정성을 보고 악수를 내밀고 싶은 지원자가 되어야 한다.

지금 대한민국의 '갓 진로취업컨설턴트'라면 함께 동행하는 구직자들이 그렇게 자리매김하도록 해야 한다. 맡고 있는 구직자 10명 중의 1~2명이라도 기업에서 먼저 차 한 잔 하고 싶은 최적의 인재가 되도록 컨설팅해야 하는 이유는 명확해졌다.

12

진짜 '내 일' 찾기까지 정규직도 의미 없다

내 노래, 음식 찾듯 나만의 '인생 잡' 찾아내자

우리나라에서 비정규직은 임금과 고용 부문에서 온전한 처우를 못 받고 있다는 것이 일반의 시각이다. 비정규직은 크게 두 부류로 나뉜다.

전문직, 특정직으로 분류되는 ①직업군과 계약직, 용역직, 임시직 등으로 분류되는 ②직업군이다.

①직업군은 사업의 지속성이 불확실할 때, 기존 조직의 구성원들이 수행하기 어려운 과업일 때 주로 활용된다. 해당 업무도 전문성과 최소한의 숙련도가 요구되고, 특정 업무에 특화된 능력을 필요로 한다.

②직업군은 덜 중요한 업무나 단순, 반복적인 업무 등에서 도입되고 있다. 언제든지 대체 가능하며, 정규직이 분담해야 할 기본업

무까지 맡기다 보니 차별의 여지가 생기기 마련이다. 기존 정규직이 신분으로 인식되는 지점이다. 그러다 보니 차별 문제와 고용보장 문제가 쟁점화되기도 한다.

청년들이 공정성을 갈급하는 마음 안의 박탈감, 무력감은 이와 무관하지 않다.

고시, 공무원 시험에 몰두하는 것은 특권과 배경이 없는 취준생들이 스스로의 노력만으로도 최소한의 가능성을 볼 수 있을 것 같아서다. 공부하는 것 말고는 내가 가진 것이 없다는 절박함과 무력감이 묻어있기 때문이다.

이 모순된 구조의 바닥 원인은 임금과 고용의 경직성에 있다. 즉, 정규직에 대한 기업들의 부담이다. 근로시간 단축, 최저임금 상승과 이로 인한 사회보험료 상향, 구조조정 제한 등으로 기업들은 정규직 고용을 줄여가려고 한다. 근로시간 단축으로 사람을 더 뽑아야 하지만, 경기상황이나 업·직종 불문하고 갈수록 치솟는 최저임금 상승과 보호 장치 강화규제들 때문이다.

국내 기업들 중 임금체계를 개인의 역량과 능력과 실적에 따른 100% 직무급제 전환에 성공한 기업은 드물다. 연차가 쌓일수록 임금이 오르는 연공급을 기반으로 한 인사노무관리로 인해 사업이 중단되거나 축소돼도 인력을 줄이거나 임금을 조정할 수도 없다.

또한 경기 상황과 변수에도 위험 대비를 해야 한다. 기업은 생존과 지속성이 먼저이기 때문이다. 그래서 기업들은 인력 운용에서 쉽사리 비정규직을 놓지 못하는 것이다. 물론 비정규직을 악용하고 탈취하는 사업주는 당연히 걸러내야 한다.

전문화, 세분화되는 비정규직에 시선 둘 필요

'진로취업컨설턴트'들은 여기서 구직고객과 정확히 딱 두 가지를 짚어보아야 한다.

청년들 10명 중 7명이 '원하는 직장을 잡을 수 없을 것 같다.'고 했다. 또한 65% 이상의 청년들은 "평생직장은 불가능하다."고 했다. 어려운 정도가 아닌, 불가능하다고 본 것이다. 때문에 취업이 늦어지는 구직자들은 비정규직이라도 취업하고 싶어 한다.

만약에 실제로 '일이 줄어들면 임금삭감도 받아들이고 정년 보장 안 해 줘도 되니 취업만 시켜달라' 하면 비정규직을 선호하는 기업들은 어떤 반응을 보일 것 같은가.

'진로취업컨설턴트'는 취업 추천과 일자리 매칭 단계에서 이 같은 비정규직을 무조건 배제할 것인가. 노동시장에서 비정규직의 비중은 꾸준히 늘어날 것이다.

더 눈여겨봐야 하는 것은 비정규 인력 수요는 갈수록 전문화, 세분화되고 있다는 점이다. 선발 주체도 현장의 사업 부문이 직접 나서고 있고, 수시로 채용하고, 고용 형태도 유연하다.

이에 구인·구직 연결자 입장인 '진로취업컨설턴트'는 비정규직 구인 계획이나 정보에 대해우선적으로 고려해야 할 요인들을 주목해야 한다. 현실적인 최소한의 안전장치도 보아야 한다.

- 주된 업무 내용과 비중(특히 구인기업의 주력사업, 또는 신규사업과의 연관성)
- 계약 기간, 역할 범위, 부여될 직급(직책)
- 급여 수준의 안정성과 변동성(인센티브 구조 포함)과 근무환경
- 정규직 전환 가능성, 채용 연계형 등 확인

다만 비정규직에 대한 구직자의 반감과 망설임은 그의 마인드와 준비 정도에 따라 선별 대응해야 한다. 분명한 것은 많은 노래를 들어보아야 나만의 인생곡을 찾게 되고, 여러 나라, 지방의 음식들도 두루 먹어봐야 나만의 소울푸드, 인생음식을 찾을 수 있다.

하물며 '내게 맞는 일'을 잡기 위한 것이다.

관심 직업이나 업종, 흥미가 돋는 비즈니스, 직무를 바탕으로 진짜 내 일을 찾기 위한 '커리어 여정'으로 보도록 해야 한다.

1개월, 6개월, 1~2년이든 비정규직으로만 옮겨 다녀도 특정 분야에서 지속되고 연결되는 근무경력들이라면 조직사회나 비즈니스 수행 관계들 속에서 자신의 역할과 존재감이 드러난다. 내 일의 방향성이 잡혀지고 윤곽이 보이는 단계다.

누구나 알아주는 기업에 정규직으로 입사해서 관리자까지 되었지만, 자신의 '워너비잡'을 못 잡고 어느 팀에서도, 어떤 직무에서도 스스로 존재감을 체감하지 못하는 직장인들이 의외로 많다. 정규직이지만 여전히 또 다른 비정규직일 수밖에 없다.

지금 정규직 보장이 자신의 커리어까지 유지해 줄까

40대 이·전직 상담을 요청해 오는 이가 늘고 있다.

IT 업종은 40대만 되어도 실무 라인에서 배제된다고 한다. 외국계 기업은 직무·직능급 기반 성과평가와 인사조치로 조기 이탈되면서 젊은 관리자가 속출하고, 신입이나 초급경력자들도 3년 내 퇴사자 비율이 지속적으로 늘고 있다. 지금의 정규직이 정년까지 갈 것이라고 아직도 확신할 수 있겠는가 말이다.

4차산업이 몰고 온 변화도 다시금 눈여겨보자. 프로젝트성 기업과 조인트벤처, 스타트업 등 다양한 형태의 신규기업과 프로젝트 형태 등 각 경제와 비즈니스 유형이 다변화되고있다. 단기간에 승부를 내야 하는 신규사업, 새로운 버전의 전략사업, 기존사업의 확장 또는 업그레이드 등의 프로젝트엔 어쩔 수 없이 외부의 준비된 전문자원이 필요하다.

총괄 기획자부터 핵심개발자, 프로세스 수행자 등에 이르기까지 전문화된 직종과 분야라면 적시적소에 즉시 전력감을 채용하려들 것이다. 그런데 이 또한 비정규직이지 않은가. 앞서 말한 ①직업군의 비정규직 말이다.

종신고용 신화가 깨진 지 오래된 일본에서는 기술직이나 전문직들이 단연 파견을 선호한다. 기계설계 등 기초산업부터 반도체 부품, 자율주행차 센서 개발 등에 이르기까지 광범위하며 개인 보호, 아이들 옛날이야기 친구, 심부름 주문 대행 등 생활편의 서비스도 전문성을 인증받아 파견근로로 운용되고 있다. 우리나라도 마찬가지다. 다만 오프라인이 아닌 플랫폼 기반의 IT업체가 먼저 움직이고 있다는 점이다. 빅테크 기업 외에도 재능이나 탤런트 중심의 특화된 전문성을 중개하는 플랫폼업체들이 늘고 있다.

중소벤처기업부 집계를 보면 벤처·스타트업 종사자가 72만여 명으로 국내 4대그룹 종사자보다 더 많다고 한다.

'진로취업컨설턴트'는 구직고객이 수시·경력채용을 늘려가는 대기업보다 현장버전의 실무경험을 쌓기 위해 중소·중견기업뿐만 아니라 강소기업이나 스타트업에도 시선을 돌려보도록 해야 한다. 중소벤처기업부에 등록된 고용정보만 평균 3만 건이 넘는다고 한다.

이때 구직자에게 맞는 스타트업을 어떻게 선별하고 어떤 기준으로 매칭할 것인가.

– 투자기관(벤처캐피털, 크라우드 펀딩 등) 리포트, 사이트

– 스타트업 대표 인터뷰, 최근 보도 기사, 주식 가치(상장기업인 경우) 등

– 해당기업이나 업계의 이슈, 최근 주력사업 추이 정도가 판단기준이 될 것이다.

따라서 '진로취업컨설턴트'는 중소·강소기업, 스타트업들의 채용패턴과 조직문화에 대한 이해가 빨라야 한다. 구직자의 일에 대한 근성, 자발적인 성취 경험 스토리 발굴과 부각에 많은 공을 들여야 한다. 이들 기업들은 신입 루키들의 에너지와 현장 기반 사고와 적응력을 원한다. 기존 시장에서 잠재된 기회를 찾아내고 새로운 수요를 건드릴 수 있는 참신성과 역동성을 먼저 보기 때문이다.

여기서 잠깐, '진로취업컨설턴트'들이 유의해야 할 부분이 있다.

사람들은 누군가 자기를 설득하고 이끌려고 느끼는 순간, 그것이 분명 선의이고 합리적인 선택이라고 해도 전혀 다른 의미로 받아들이고 방어심리를 보인다. 구직고객에게 '진로취업컨설턴트'가 함께 고민해 가는 동행자임을 재인식시켜 주어야 한다.

"무엇보다도 ○○님의 생각이 더 중요해요."

"○○님이 선택할 수 있는 대안들을 함께 살펴볼까요."

새로운 제안과 의사결정을 앞두고 있을 때는 구직고객을 우선하는 유연한 상호작용을 잊지 말아야 한다.